稲垣家の場合

暁光太郎

文芸社

稲垣家の場合　もくじ

「うるせーんだよ」

と、言葉を吐き捨てて大がリビングから出て行く。また、ママと朝の口喧嘩、と横で聞いていた麻衣は見て見ぬ振りをしてトーストを食べている。

一郎と正子は、すでに早い朝食をすませ、自分たちの部屋に引き返した。

清はすでに会社に出掛けた。

朝の日差しが差し込む食卓には、大が食べ残したトーストの切れ端と、まだ手が付けられていない加代子の朝食と、ほとんど食べ終わった麻衣の食事の跡と、恵子の食べかけのトーストが雑然と並んでいる。稲垣家の朝は、いつもこんな感じで始まる。


ここで登場人物を紹介しよう。


稲垣大（まさる）、長男、市立中学1年生。

小学生時代から剣道を始め、中学でも剣道部に入部。

毎日、朝練があり、七時三十分頃には家を出なければ間に合わないのだが、いつもぎりぎりまで寝ていて朝食も程々に出掛けなければならない。朝寝坊で恵子から文句を言われ、これが朝の口喧嘩の原因である。

稲垣清、この家の主。自動車メーカー勤務。営業職、課長代理。

リストラの嵐が吹き荒れる中で、企業戦士として二十年間勤め上げてきた。

稲垣恵子、主婦。夫、清とは結婚十八年目。子供は、加代子・麻衣・大の一男二女。夫の転勤で転居を繰り返したが、二年前埼玉県大宮市に新居を購入。それを機に、夫の両親と同居することとなる。家事は義母も手伝ってくれるので、最近、近所のスーパーにパートに出るようになった。

稲垣加代子、長女、県立高校一年生。茶道部。

最近はやりのガン黒系ではなく、普通の女子高生。中学時代から付き合っている一年先輩の彼氏が通う高校を目指し、受験勉強を頑張り見事合格。

稲垣麻衣、二女、市立中学三年生。美術部。ピアノを幼稚園の頃から習っている。高校進学を控え、進路について悩んでいる。


稲垣一郎・正子、清の両親。

石川県金沢市近郊に生まれ、旅行以外では六十年以上町から出たことがない。長男の清が大宮に家を建てたのを機に、故郷を離れ同居することにした。心配していた嫁との同居も、恵子が色々と気を利かせ、うまくやってくれている。

同居を始め約二年。同年代の隣人にも数人友人ができ、転居の不安は少しずつ解消していく。


稲垣アリス、犬、メス。ゴールデンレトリーバー。

一郎が金沢で飼っていたラッキーの娘。ラッキーは金沢を離れるとき、親しい友人にもらってもらい、アリスだけをつれて大宮に来た。転居した年に生まれたアリスは今二歳。人間で言うと十五歳前後の思春期真っ盛り。

場所について説明しよう。


埼玉県大宮市。

東京の北に位置し、上野駅からはＪＲで三十分ほど。

意外と近い距離にありながら、埼玉県という響きがなんとなく遠方を思い起こさせる。最近では、環境汚染問題にゆれた埼玉県だが、政令指定都市を目指して大宮市・浦和市・与野市の合併が進められ、「さいたま市」がまもなく誕生する。


清がこの町に引っ越してきたのは五年前。

会社の転勤で家族を新潟に残し、大宮のアパートに単身赴任で転居。

半年後家族を呼び一戸建てを借り、二年前、近くに土地を購入。一戸建てを新築し、それを機に実家の両親、一郎・正子を呼び、二世帯同居を始めた。

第一章　病院

新学期が始まり二ヶ月、高校へ進学した加代子、中学に入学した大も新しい学校に慣れてきた六月。

夏を思わせるような日差しが差し込む、ある土曜日の稲垣家の朝。学校は土曜休日で休み。清だけは、仕事で朝いつもの時間に出掛けて行った。

みんな朝食を済ませ、各自が自分の部屋に戻ってしばらくして、麻衣の部屋から、加代子と麻衣のけんかする声が聞こえてきた。

「このワンピース、私に貸してよ。」と、加代子。

「いやだ。それおばあちゃんに買ってもらってまだ一度も着てないんだよ。」と、麻衣が言葉を荒げて断った。

「減るもんじゃないし、貸してくれたっていいじゃない。」

「いやだ。だってお姉ちゃんいつも新しい服ばかり自分で着て、私はいつもお姉ちゃんのお下がりばっかりなんだよ。たまには私専用の服がほしいから、おばあちゃんにおねだりしてやっと買ってもらったんだからね。絶対に貸さない。」

麻衣の日頃からのお下がりに対する思いが必要以上にきつい口調となって噴出し

た。

「今日は彼との久しぶりのデートなんだから、麻衣ちゃんも協力してよ。」

「デート!?　そんなのお姉ちゃんの勝手じゃん。勝手に行けば。」

「何よ……。」

と、返事をした時、加代子は急にお腹のあたりが痛み出し、その場でうずくまってしまった。

「お姉ちゃん、どうしたの？」

麻衣の問いかけに加代子は答えるすべもなく、お腹を押さえて苦しみつづけた。額からは脂汗がにじみ出ている。

「お姉ちゃん、大丈夫？　どうしたの？」

何度も問いかけるが苦しみつづける加代子の姿をみて、麻衣は恵子を呼んだ。

休日の気だるい朝を、お気に入りの〝ゆず〟のCDを聞いて過ごしていた大も、この騒ぎに気がつき麻衣の部屋へ駆けつけた。

麻衣の声に驚いて、洗濯中の恵子も麻衣の部屋へ駆け込んで行った。

そこには、お腹を押さえてもだえ苦しんでいる加代子とそれを介抱する大、立ちすくんで見守る麻衣の姿があった。

「お姉ちゃんに何をしたの！」恵子は加代子を抱き上げながら麻衣に聞いた。

「何もしてないよ。ただお姉ちゃんが急に苦しみだして倒れたんだよ。」

麻衣はそう答えてその場で泣き伏してしまった。

剣道で鍛えたがっしりした体格の大が加代子をおぶり車まで運び、恵子の運転で近くの総合病院へ向った。大、麻衣も付き添った。


緊急処置室の前の待合室、恵子、麻衣、大が黙ったままベンチに腰掛けて加代子の診察が終わるのを待っている。

しばらくして、担当医が三人の前に姿をあらわした。

「もう心配ありません。だいぶ落ち着かれました。急性腹膜炎のため、緊急手術を行いますので、家族の方の同意書を頂きたいのですが、お母様ちょっとよろしいですか。」

担当医からの報告を聞きほっとしたのか麻衣はまた泣き出してしまった。その姿を見て大は立ち上がり、麻衣をつれて、二人で家へと帰って行った。

緊急処置室の隣にあるカウンセリング室で、恵子は担当医から加代子の病状について説明を受けた。

「先ほどお話した通り、お嬢さんは急性腹膜炎を起こされています。これから緊急手術を行いますが、その前にお母様に確認しておきたいことがあるのですが……。」

「手術の同意書ですね。今、印鑑は持ってきてないんですが、お願いします。どうか早く加代子を楽にしてやってください。」

恵子は、一週間後の日曜日に加代子と麻衣と三人で〝ライオンキング〟を見に行く予定なのだが、それまでに退院できるかどうか、担当医に聞きたい衝動に駆られていたが、ぐっとこらえて次の言葉を待った。

「お嬢様は今おいくつですか?」カルテを見ながら担当医が恵子に確認した。

「十六歳です。この春から高校一年生ですが……。」

先ほど病院に駆けつけたとき、診察票に記入したはずなのに今更何を聞くんだろうと思いながら恵子が答えた。

　しばらくして担当医が話し出した。

「単刀直入に申し上げます。お嬢様は妊娠されています。急性腹膜炎の手術により胎児に影響を与える可能性があります。胎児の命を優先するのか、お嬢さんの命を優先するのか、それにより手術の仕方を検討しなければなりませんので、お母様にお話を伺いたかったのです。」

　担当医の口から聞かされた言葉に自分の耳を疑った恵子だが、話の内容を充分に理解できていないのか、ぼんやりした表情で担当医を見つめている。

　加代子が妊娠？　なぜ？　相手は？　これから家族はどうなるの？　……いろいろな考えが頭の中を駆け巡っていたが、気を取り直して恵子は担当医に聞き直した。

「娘が妊娠しているんですか？　そんな素振りは全然なかったのに。」

　担当医が答える。

「確かに娘さんは妊娠されています。ただ、妊娠初期ですので、本人も気がついていないかもしれません。そこでお母様にお願いがあるのですが、娘さんにこのことをお話いただき、手術による危険性を本人にも理解してもらった上で手術を行いたいのです。いかがでしょうか、お母様の口からお嬢さんにお話いただけませんか？　まず、お母様からお話いただいた上で、私から手術の細かな内容についてご説明いたしますので……。」

恵子はしばらく考えた後、頭をゆっくり上下し、了解したことを担当医に伝えた。

加代子の病室。救急処置の鎮痛薬が効いたのか、痛みはほとんどなくなり、加代子はだいぶ落ち着きを取りもどしてベッドに横たわっている。

恵子は気を取り直してわざと表情を和らげ病室に入って行く。

「どう、痛みの方は？」

「もうだいぶ楽になった。お医者さんには何も言われなかったけど、私何の病気なの？」

と、不安げに聞く加代子の顔にはまだあどけなさが残り、こんな幼い子が妊娠だなんて、と恵子は今でも担当医が話したことが信じられない気がした。

「急性腹膜炎なんだって。手術をしないといけないみたいよ。」恵子は軽く答えた。

「え！　手術。手術するってことはお腹を切るんでしょ。私いやだ。お腹に手術の傷跡が残っちゃう。」だだっ子のように加代子が嫌がる。

「でも、手術をしないと治らないのよ。お医者様の言う通り手術しましょう。」恵子は何と言って先ほどの話を切り出そうか考えあぐねていた。

来客用のパイプ椅子を加代子のベッドの枕もとに置き、ゆっくり座りながら、恵子は加代子に話しかけた。

「ね、あなたの体のことなんだけど。」

「何よ、あらたまって。」加代子が怪訝そうな顔をして恵子の顔を覗き込んだ。

「今、先生からあなたの病気のことについて聞いたんだけど、この手術をする上で重要な問題があるそうなの。」

「何？　危険な手術なの？」

「いいえ。手術自体は問題ないらしいんだけど、手術をすることによって胎児に影響があるかもしれないと先生はおっしゃるの。あなた妊娠していること知っているの？」

恵子が恐る恐る聞いてみたが、加代子は狐につままれたような顔をして呆気に取られている。

「妊娠って、私が妊娠しているって言うの？」加代子が恵子に問い直す。

「先生はそうおっしゃるんだけど。身に覚えはない？」

「……。」加代子は無言のままうつむいている。

「どうなの？　正直におっしゃい。怒ったりしないから。」

と言いながらも恵子の顔は少し怒った表情を隠しきれなかった。

「ちゃんと注意したんだけどな。」加代子は事の重大性を理解していないようだ。

「何を考えているの。大事なことよ。軽はずみな行動がこんな結果を生むのよ。」加代子が手術前の体と知りながらも恵子は言わずにはいられなかった。

「手術を受ける上で、お医者様から赤ちゃんの命の保証はできないと言われているの。でも、手術をしないとあなたは良くならない。どうするの？」

恵子の問いかけに加代子は何と言っていいのか分からなかった。分からないというより現在の状況が信じられなかった。夢でも見ているのではないかと思った。

確かに彼と愛し合ったことが一度だけある。

初めてだった。何がどうなっているのか分からないまま終わってしまったと言うのが実感である。

でも、母が言うような軽はずみな行動では決してなかった。二人とも真剣に愛し合っている。少なくとも加代子自身はそう思っている。

もし妊娠したことを彼に伝えたらどう言ってくれるだろうか？

彼は子供ができたことを喜んでくれるだろうか？

二人とも高校生。加代子は、子供を産んだ場合のお互いの生活を考えると不安を感じずにはいられなかった。

もし今回の病気がなかったとしても、妊娠に気がついたらどうするだろうか？

妊娠したことにより、彼と別れなければならなくなってしまうかもしれない。それだけは絶対に嫌だ。彼と別れるくらいなら死んだほうが良い。

彼に連絡してこのことを打ち明け、相談する時間は加代子にはない。自分自身で決めなければならないのだ。またぶり返してきた腹痛をこらえながら、加代子は考えた。

今自分のお腹の中に彼との愛の結晶が宿っていると思うと、その子がだんだんといとおしくなってきた。手術によってその子の命が危険にさらされると思うといたたまれない気持ちになる。

心配そうにのぞき込む母親の顔をぼんやりと見ながら、加代子は決心した。

手術が成功することを神様に祈ろう。

子供の命が助かればこの子を産む。彼に何と言われようと産もうと決心した。

もし子供の命が助からなければ、諦めよう。彼には何も言わない。このままの関係を続けていこう。

「お母さん、わかった。手術を受けるわ。でも、できるだけ赤ちゃんを助けてほしいの。もし赤ちゃんが助かったら産むことにする。」

加代子は恵子に自分の意志をはっきりと伝えた。その話し振りに意思の強さがうかがわれた。

「それでいいのね。彼と連絡しなくていいの？　大事なことなんだから自分ひとりで決めていいの？」恵子は加代子の顔を覗き込むように聞いてみた。

「これは私の問題。私が考えて私が決めたことなの。彼には後で話すから、手術の手続きを取って。」

しばらくして担当医が病室に入り、手術の注意点をいくつか話していった。話の内容からすると、命に関わるような手術ではないようだが、手術に伴う全身麻酔が胎児に悪影響を与える危険があるようだ。

加代子は必要最小限の麻酔で自分は痛みを我慢するから、胎児への影響を極力少なくしてほしいと訴えた。

担当医も加代子の申し出を理解し、最大限の努力を約束した。

手術の準備ができるまで病室で待機しているとき、清が息せき切って飛び込んできた。一郎が清の会社に連絡し、急いで帰宅したところで麻衣に会い、病院での状況は聞いているようだ。

「加代子、大丈夫か?」咳き込みながら清が聞いた。

「腹膜炎だって。俺も小さい頃に腹膜炎にかかったことがあるけど、あれ痛いんだよな。でも大丈夫。手術すればすぐ治る。パパが保証するよ。」

加代子を安心させるため、務めて明るく話す清。

「早く良くなって、楽しみにしていた〝ライオンキング〟見に行けるといいな。」

「今ね、手術についての説明をお医者様から受けたところなの。今手術の準備中で、もうすぐ呼ばれると思うんだけど。」恵子が状況を清に説明した。

「それでね、パパ……。」と恵子が清に話をしようとしたとき、

「私は大丈夫よ、パパ。それよりごめんね、会社、今忙しいんでしょ。」

加代子が恵子に目配せをしながら恵子の話を遮った。

「会社のことは心配要らないから。それより加代子のことが心配で、飛んで来たんだよ。」

新年度の重要な会議中に連絡が入り、後を部下に任せて飛び出してきたのだが、実

を言うと会社のことが非常に気がかりな清である。

「簡単な手術だから大丈夫だって先生言ってたから。後は先生に任せて、早く良くなるだけ。それより、今ママと話したいから、ちょっと部屋を出てくれない、パパ。」

加代子が甘えた声で清に話しかけ、それに促され清が病室から出る。

「ママ、妊娠のことはパパには内緒にして。手術が終わってから私から話すから。」

加代子が恵子に懇願した。

「どうして？　こんな大事なこと、パパに内緒にするわけにはいかないわ。」恵子は加代子にきっぱりと言い切った。

「ママ、お願い。このことは私がパパに直接話をするから、手術が終わるまでは話さないでほしいの。お願い！」

大事な手術を控え、精神的な負担を加代子に与えてはいけないと考え、恵子は加代子が言う通りこのことを手術が終わるまで清には話さないことにした。


しばらくして、麻酔担当の医師が入室し手術が開始された。

手術室の前のベンチ椅子。

清と恵子が並んで座り、手術が終わるのを待っている。

清は落ち着きなく立ったり座ったりを繰り返している。

重要な会議を中座して出てきた清は、会議のことが気になり、病院の外まで出て携帯電話で部下に電話をしてみたが、特に変わったことはなく、安心して看病してほしいと部下に諭されてしまった。

恵子は何度となく清に妊娠のことを話す衝動に駆られたが、加代子との約束を何とか守ることができた。

二時間ほど待っただろうか。手術室の中が少し騒がしくなって、また静かになった。それからまたしばらくして、医師が一人手術室の中から出てきて、清たちの前にやってきた。

「患者さんの親御さんですか?」医師が問いかけた。

「はい、そうですが。どうでしょうか？」清が心配げに答えた。

「全力を尽くしましたが、赤ちゃんは救えませんでした。母体は問題ありません。」医師が申し訳なさそうに清と恵子を代わる代わるに見ながら小さな声で話し掛けた。

「赤ちゃん？　何のことですか？」清が不思議そうに医師に問いかけた。

「お父さん、加代子は妊娠していたのよ。」恵子が清に小さな声で答えた。

「先生、それで娘のほうはどうでしょうか？」

清の不信げな顔をよそに恵子が医師に聞いてみた。

「先ほどもお話したとおり、娘さんは問題ありません。腹膜炎の手術は問題なく終了しました。今、後処置をしているところです。」医師が答えた。

「ありがとうございました。」恵子が答え、医師は手術室に戻って行った。

「赤ちゃんって何のことだよ。」

医師が立ち去るのを待ってから、怪訝そうな顔をして清が恵子に問いかけた。

「私もさっき聞かされたんだけど、あの子妊娠していたようなの。本人も知らなかったみたい。」恵子は清に答えた。

「相手は誰なんだ。このことを知っているのか?」清が恵子に食って掛かった。

「今日この病院で検査を受けて初めてわかったのよ。本人も知らなかったみたい。あの子は、手術が終わってから自分でパパに話すと言って私に口止めしたのよ。」恵子は清に言い訳っぽく答えた。

「いったい何を考えているんだ。まだ中学を卒業したばかりなんだぞ。おまえもどうしてこんな大事なことがわからなかったんだ。」

「彼氏がいることは知ってたけど、まさか……。」

しばらく沈黙が続いた後、清が小声で不安げに恵子に聞いた。

「麻衣や大はこのことを知っているのか?」

「いいえ、二人が帰ってからお医者様から聞いたの。それを聞いた時は、本人も大分驚いていたけど、しばらく考えた後、自分で手術をすることに同意したのよ。」

「本人が同意しても、あいつは未成年だから、親の同意が必要だろ。同意したのか?」

「同意したもなにも、手術をしないと治らないんだから。でも、全身麻酔をするから胎児に悪影響があるかもしれないと言われたときには加代子も色々と考えていたみたいよ。」

「他人事みたいな言い方をするな。おまえ加代子の母親だろ。」

「私だってちゃんとやってるわよ。そんな素振りは全然なかったし……。」

静かな病院の中に自分たちの声が響いているのに気がつき、清も恵子も急に話すのを止めてしまった。

これから男親として娘とどう接して良いのか、清は今聞かされた突拍子もない話に困惑しながらも色々と考えてみた。

今までどおり接することができるだろうか？

娘を花嫁として送り出すまでにはまだまだ時間があると思っていた清は、そんな心の準備もできないまま娘の妊娠を知らされたのだ。相手の男の顔も名前も知らない。世の中の若者の風潮を新聞やテレビで見聞きしている清だが、まさか自分の娘が……。

援助交際？　乱れた性？　考えただけでも気が狂いそうになる。

「ちょっと、外の空気を吸ってくる。」

清は、居ても立ってもいられず、病院の外に出て行った。


恵子は、加代子の今までの家の中での様子を色々と思い出してみていた。

去年から今年にかけて、受験勉強に明け暮れる毎日を過ごしていた加代子にそんな時間はなかったはずだ。

一年先輩の彼が通う高校を目指し、周りからは絶対無理と言われていた高校受験を見事に突破したのだから、その頑張りたるや、並大抵のものではなかったことを一番身近で見ていた親だから充分に分かっていた。

そんな加代子が妊娠だなんて……、今でも信じられない。これからどう娘と接していけば良いのか。

詳しい話を加代子の口から聞くまでは本当のところは分からないが、流産したことが本人にとっても周りの者にとっても良かったのかもしれないと恵子は思った。

取る物も取りあえず飛び出して来たので、恵子は加代子の入院準備のために一度家に帰ることにした。心配しているであろう義父母に、経過報告もしなければならない。清は、会社の会議のことが気になっていたが、今日は一日病院に付き添うことにした。

加代子が全身麻酔から覚めたのは、手術が終わってから六時間くらいしてからだろうか。それまでに、清と恵子は主治医から手術の状況、経過の報告を受けた。病室のベッドで目がさめた加代子は、虚ろな眼差しを恵子に向けた。それを見た恵子は、ナースコールボタンを押してナースセンターに知らせた。しばらくして、二人の看護婦を伴って主治医が病室に入り、術後の状況を診察し、順調に経過していることを恵子たちに報告すると、主治医たちは病室を出て行った。

「もう手術は終わったの？」加代子が小さな声で恵子に聞いた。

「そうよ。手術は無事終わったわ。もうお腹は痛くない？」恵子が答えた。

「赤ちゃんはどうだった？」

「それがね、お医者さんは全力を尽くしてくれたんだけど、全身麻酔の影響で赤ちゃんはダメだったの。でも、あなたの手術は成功したそうよ。」

「もう心配要らないよ。あとは治るだけだから。」清が加代子の顔を覗き込みながらやさしく語りかけた。

「パパ、心配かけてごめん。」

「いいんだよ、加代。他のことは考えずに、早く良くなることだけ考えて、ゆっくり休みなさい。」

「うん、わかった。」と小さな声で返事しながら、加代子はまた目を閉じた。

清は、まだあどけなさが残っているその寝顔を見て、ふっとため息を漏らした。

まだ完全に麻酔から覚めていないのか、加代子はすぐに眠ってしまった。それを見て清と恵子は病室を出て、待合室のベンチに二人並んで腰をおろした。

「目が覚めたら加代子になんて話したらいい。」恵子が清に聞いた。

「体調が回復するまではこちらからは何も聞かないほうがいいよ。あいつが話したくなるまで待っててやろう。」

「そうね、今はあの子の回復が一番だものね。」

「家の者にも何も話さないほうがいいだろう。親父やお袋に話すと心配させるだけだからな。」

「はい、そうします。」恵子が素直に返事した。

「でも、こんなことを言うと不謹慎だけど、赤ん坊、生まれなくてよかったのかもしれないな。」清がうつむきながら小さな声で恵子に話しかけた。

「そうね、実は私もそう思ってたの。加代子は産みたいなんて言ってたけど、産んだあとのことを考えると……。あの歳で子育てなんて可哀相過ぎるもの。」

「ところで、おまえ赤ん坊の父親のこと知ってるのか?」清は手術中からずっと聞きたくてしょうがなかったこのことをやっと恵子に切り出した。

「多分、中学時代の一年先輩の彼じゃないかしら。あなたは知らなかったかもしれないけど、今回の高校受験も彼の通っている学校に行きたくて猛勉強したんだから。」

「付き合って大分長いのか？」

「加代子が中二の頃からだから、二年近くになるんじゃない。家に遊びに来たこともあるのよ。あなたにも、その都度話したじゃない。」

清は、そういえばそんな話があったなと思いながら聞いていた。

ちょうどその頃は、自動車業界の販売不振が世間中で騒がれ、清の会社でも全社的にリストラが始まった頃であり、朝早くから夜遅くまで仕事という日が続く毎日で、家庭のことは全て恵子に任せっきりの状態だった。家の新築・三世代同居と重なり、公私共に神経を使うことが多く、家族のことに細かく気を配る余裕がなかった。

「そう言えば聞いた気もする。でも、そんなに深い付き合いだったのか？」

「私にもそこまではわからない。あとは本人に聞いてみましょう。」

その晩は、恵子が病院に付き添うことにし、清は家に帰った。

家では正子が食事の用意をして、清の帰りを待っていた。

加代子の状況はその都度連絡しておいたので、特に心配はしていなかったが、清が帰り、食卓で遅い夕食を取り始めると、全員が食卓のあるダイニングまで下りてきて、加代子の状況を根掘り葉掘りと聞きだした。

清は、妊娠のこと以外は全て家族に話してやった。

翌日、いつもと同じ稲垣家の朝が始まった。いつもと言っても今日は日曜日。子供たちはまだ寝ている。

恵子の代わりに正子が朝食の用意をする。恵子は朝はパンに決めているが、正子は朝早く起きご飯を炊き、張り切って朝食の準備をした。味噌汁に目玉焼き、魚の一夜干しもある。

清はそんな朝食を全て平らげ、出勤して行った。自動車メーカーの販売部門担当の清は、販売代理店の営業に合わせ、土日に出勤することが多い。

加代子のことと、会社の昨日の会議のことが心配で、ゆっくり寝られなかった。病院には、仕事中ちょっと抜け出して行くつもりだ。

一郎は正子の作った朝食を食べ、日課のアリスの散歩に出掛けた。約一時間かけて家の周りを散歩するのが、朝夕の一郎の楽しみである。途中、近所の知り合いに会えば立ち話をして、昼近くまで散歩から帰らなかったこともある。

大は、十時頃に起き出し、遅い朝食を取ったあと、剣道部の部活に出掛けて行った。小学校時代から市内の剣道教室に通い、中学に入る頃には同級生ではかなう者はいないくらいまで上達していたが、中学の先輩にはかなわず、練習に夢中になっている。

麻衣は、昨日の加代子のことが気になってあまり寝られなかった。大と一緒に遅い朝食を取った後、中間テストの勉強をしようとしたが手につかない。これから祖母と一緒に病院にお見舞いに行く予定なので、それまでベッドで横になることにした。

加代子に付き添って病院に泊まった恵子は、病院で用意された簡易ベッドで一夜を明かしたが、ベッドが硬くゆっくりとは休めなかった。

朝が来ても、加代子は昨夜から眠ったままで、目を覚ます気配はない。

昨日の昼から何も口にしていない恵子は、急に空腹感に襲われ、病院の売店でパンと缶飲料を買って、朝のまぶしい光が差し込む病院の中庭で朝食を済ませた。

一息ついてから恵子が病室に戻ろうとすると、看護婦と担当医が手術後の検査のため病室に入るところだった。

恵子は看護婦たちと一緒に病室に入ったが、加代子はまだ眠っていた。

看護婦が加代子の肩のあたりを軽くたたきながら、「稲垣さん、稲垣さん、起きてください。」と何度か呼びかけるようにして起こすと、加代子はうっすらと目を開け、あたりを見回すようなしぐさをして目覚めた。

恵子はすぐにベッドの横に近づき、加代子の顔を覗き込みながら語りかけた。

「加代子、加代子、おはよう。どう、目が覚めた？　ママが居るから大丈夫だよ。」

「……。」加代子は無言で軽くうなずいた。

それから、加代子はストレッチャーに乗せられ、検査のため病室を出て行った。

それを見送った恵子は、安堵感からか睡魔に襲われ、加代子のベッドにもたれかかるようにして眠ってしまった。

どれくらいの時間が過ぎたのだろうか、恵子は誰かに肩をたたかれて目を覚ました。正子と麻衣がそこに立っていた。

「ママ、大丈夫？　お姉ちゃんは？」麻衣が恵子の顔を覗き込みながら聞いた。

「麻衣。いつ来たの？　もしかしてママ寝てた？」

「看病で疲れたんでしょう。しょうがないわよ恵子さん。」正子がいたわるような眼差しで恵子に語りかけた。

「すいません、お義母さん。昨日の夜はあまり寝られなかったものですから。」

「加代子は手術後の検査のために、今診察を受けてます。」と言いながら、恵子が時計に目をやったが、すでに昼近くになっていた。

「もうそろそろ診察から戻ると思うんだけど。」

その時、病室のドアが開いて、加代がストレッチャーに乗せられて戻って来た。看護婦が二人がかりでストレッチャーからベッドに加代子を移して、看護婦は病室から出て行った。

「お姉ちゃん、大丈夫？」病室のドアが閉まると同時に、麻衣がベッドの横に歩み寄り加代子に話しかけた。

「もう大丈夫。お腹もほとんど痛くないし。手術の傷跡が少し痛いくらいよ。」

「ほんとによかった。一時はどうなるかと思った。だって、私の前で急に痛がりだすんだもの、びっくりしちゃった。」

「ごめんね。私もあの時は自分自身どうなったのかわからなかった。お腹が急に痛くなって、そのあとは気を失ったみたいであまり覚えていないの。気がついたら、病院のベッドの上だった。」

「加代ちゃん、良くなってよかったわね。」正子が麻衣の横から加代子の顔を覗き込むように話しかけた。

「おばあちゃん、心配掛けてごめんなさい。もう大丈夫だから。」加代子はそう答えながら涙が溢れてくるのを止めることができなかった。

自分が倒れたことに家族みんながこんなに心配してくれている。家族にこんなに愛されていることに感動し涙が溢れてくるのだ。

助からなかった自分の子供に対する愛おしさ、哀情、表現できない言い表しようのない切なさ、今感じている家族からの愛情、いたわりの気持ち、全てが心の中に染み渡っていく感覚を加代子は感じていた。

しばらくして、清がスーツ姿で病室に入って来た。

正子、恵子、麻衣たちと談笑している加代子の姿を見て、清は少し安心した。いくら若いとは言え、自分の子供を流産してしまったのだから、ふさぎ込んでいるのではないかと心配したが、その心配も徒労に終わったようだ。

「加代、そんなにしゃべって大丈夫か？」

「お父さん、心配かけてごめん。もう大丈夫。手術の傷口がちょっと痛いくらいであとは全然平気。」加代子が笑顔で答えた。

「今、お医者さんに聞いてきたけど、順調にいけばあと四、五日で退院できるそうだよ。」

清は病室に入る前に担当医に経過を確認してきたが、その時聞いた退院予定について加代子たちに知らせてやった。

「え、本当？　じゃ、みんなでライオンキングを見に行けるね。」加代子は、恵子の顔を見ながらうれしそうにはしゃいで見せた。

「うん、必ず行こうね。みんなで楽しみにしてたんだから、お姉ちゃんが一緒じゃないとつまんない。」麻衣が加代子の手を握りしめながら答えた。

「よかったね。でも、順調に退院するためには、ちゃんと先生や看護婦さんの言うことを聞くのよ。」まだ手術したばかりなのに少しはしゃぎすぎな加代子をたしなめるように、恵子は少し強い口調で注意した。

「それじゃ、私たちは帰るとしようかね。」正子はそう言って、もう少し加代子と一緒にいたい素振りの麻衣を連れて家へ帰って行った。


二人を見送った清と恵子は、日曜日で静まり返っている薄暗い待合室のベンチに腰を下ろし、加代子の様子について話した。

「今朝の加代子の様子はどうだった？」清が話を切り出した。

「今朝は、加代子とはゆっくり話ができなかったの。朝、加代子が目覚めたらすぐに検査に出かけて、戻ってきた時にはもうおばあちゃんと麻衣が来てたから。」

「そうか、でもあの話だけはちゃんとしておかないと。」

「そうね。でも、本人もショックだったと思うわ。さっきのあのはしゃぎ方は、無理していているように見えてしょうがなかった。おそらく、悲しさを紛らせるために、はしゃいで見せたんじゃないかと思うの。」

「もう過ぎてしまったことはしょうがない。しょうがないという言い方はあまり好きじゃないけど、過ぎてしまったことよりこれからどうするかが大事なんだよ。」

「私もそう思う。だから、今回のことをしっかりと反省して、これからの生き方を自分自身で考えさせるようにしないといけないと思うの。」

「そうだな。ちょっと残酷かもしれないが、早い方がいい。今から病室で話を聞こう。」

「そうしましょ。」

二人は連れ立って待合室を後にし、加代子の待つ病室へ向かった。

一人残された加代子は、ベッドの上で白い天井を見ながら昨日見た夢を思い出していた。

夢だったのか現実だったのか分からないくらい、鮮明に覚えている。

まず、最初の夢はこうだった。

真っ白な空間にブランコが一つ揺れていた。そこにはおじいちゃんが乗っていて、こっちを向いて何かを喋っている。よく聞き取れないので、「何？　おじいちゃん。」と大きな声で叫ぶと、急に霞がかかったように見えなくなってしまった。その後、何度呼んでも、もうブランコは見えなかった。

次にこんな夢を見た。

二歳くらいの男の子が一人しゃがみこんでいる。「どうしたの？」と声を掛けると、その男の子がゆっくり振り返った。その男の子の顔はお父さんそっくりだった。もう一度「どうしたの？」と聞くと、その男の子は「ママがいないの。」と言って歩いて霞の中に消えて行った。「待って！」と追いかけるが、もう男の子は見つけられなかった。

そして、最後にこんな夢を見た。

遠くにある大きな木の下にお母さんが立っていた。

お母さんは、こっちに向かって手招きしながら、「早くこっちにおいで。」と大きな声で呼んでいた。「お母さん！」と言いながら駆け出したが、いくら走ってもたどり着けない。お母さんに向かって一生懸命走っている途中で目が覚めた。


夢は何かを暗示していると言うが、この夢はいったい何を私に言いたいんだろう。と加代子は昨日からずーっと考えていた。

子供のことを考えると涙が出てきてしまう。胸に大きな穴が開いたような虚無感が頭の中を占有してしまう。

それを振り払うために夢のことを考えるようにしていた。

もちろん答えなど分かるはずはない。しかし、それを考えることでこれからの自分を見つめられるような気がした。

ベッドの上でそんなことを考えながら目をつむっているうちに、加代子は浅い眠りについた。

清と恵子が病室に戻ると、加代子は眠ってしまっていた。仕方がないので、清が帰ろうとしたとき、加代子が目を覚ました。

「お父さん、もう帰るの。」と加代子は清に問いかけた。

「気持ちよさそうに眠っているから、そっとしておいたほうがいいかなと思ってさ。」清が照れくさそうに答えた。

「話があるんだけど、いい？」加代子のほうが話を切り出した。

「いいよ。話してみなさい。」清が、ベッドの横の丸椅子に腰かけながら答えた。

恵子も、その横に丸椅子を持ってきて座った。

しばらく時間をおいてから加代子が話し出した。

「お父さん、お母さん、心配かけてごめんなさい。」

「いいんだよ。それより、早くよくなって、早く家に帰っておいで。」清がやさしく答えた。

「うん。」清の言葉に加代子の目から涙が一筋流れ落ちた。

「妊娠のことは、お父さんもう知ってるんでしょ。」加代子が切り出した。

「ママから聞いたよ。でも、詳しいことは加代がパパに直接話すって言うからそれ以上詳しくは聞いていないけど。」

「じゃ、聞いて。お母さんも一緒に。」加代子が恵子を見ながら話し出した。

「私に中学時代から付き合っている彼がいることはパパもママも知ってるでしょ。」

「ええ、知ってるわ。じゃ、木村君が父親なの。」恵子が問いただすように話した。

「ママ、加代が話をしているんだから、最後まで聞きなさい。」清が恵子をたしなめた。

「木村君とはもう一年以上も付き合っているけど、受験の時には勉強も教えてくれたし、くじけそうになったときには叱ってくれたり、私にとっては家族以外では一番大事な人なの。」加代子は声は小さいがしっかりした口調で話しつづけた。

「絶対に無理だと思ってた高校受験がうまくいったのは彼のおかげだと思ってる。だから、合格発表のときは二人で見に行ったし、合格がわかったときには、彼、私以上に喜んでくれたわ。

二人っきりの合格祝いをしたとき、初めて愛し合ったの。だって、私は彼を愛しているし、彼も私を愛してくれている。

自然にそうなったの。私は後悔していない。後ろめたい気持ちもないわ。」

加代子は一言一言を噛み締めながら話していった。

「彼は、子供ができたことを知っているのかい？」清が静かに加代子に問いかけた。

「知らないはずよ。だって、私も昨日知らされたばかりなんだから。」加代子が話を続ける。

「手術が終わって子供がダメだったことを知ったあと、私今回のことは彼には話さないでおこうと思ったの。でも、その後色々考えて、やっぱり話すことに決めた。」

「いろいろ考えたって、何を考えたの？」恵子が問いかけた。

「私ね、手術中に夢を見たの。夢と言っても現実みたいにはっきり覚えているんだけど。」

「どんな夢を見たの？」恵子が続けて問いかけた。

加代子は、手術中に見た三つの夢を清と恵子に話した。

「私ね、この夢は私に何かを伝えるために神様が見せてくれた夢だと思うの。」

今まで「神様」なんて言葉を加代子の口から聞いたことがなかった清と恵子は、驚きながら加代子の話を黙って聞いていた。

「私、お母さんから私のお腹に赤ちゃんがいると聞いたとき、最初はすごく驚いたけど、よーく考えて子供がほしいと思った。私の中に新しい命があると思うと、愛しくてしょうがなかった。絶対に産みたいと思った……。

でも、ダメだった。それを聞いたとき、死んでしまいたいくらい悲しかった。涙が溢れてきてどうしようもなかった。

その時、さっき話した夢を思い出したの。すごくはっきりと思い出したの。手術中に見た夢だと思うんだけど、その夢のことを考えると、何となく心が落ち着いてくるのがわかるの。

その夢のことを考えているうちに、命の大切さがわかったような気がするの。今回のことは決して軽はずみなことではないと言いたいけど、でもその結果として子供ができてしまった。私たちはまだ子供を育てることができないことははっきりしているし、結局子供を産めない、堕すしかないことになるわけで……。

さっきの夢はこういうことを私に言っているんだと思ったの。

それはね、まずおじいちゃんが神様で、私に注意を引かせて、振り向いたパパに似た子供は私の赤ちゃん。ママがいないっていうことは生まれてこなかったということ。そしてママの呼び声は、生き続けなさいっていう神様からの言葉じゃないかと。」

「そう考えると気持ちが落ち着くのかい？」ずーと黙って聞いていた清が、加代子に語りかけた。

「うん、おじいちゃんの姿をした神様が、私にしっかり生きるんだよ。くよくよしないで頑張れって言ってくれているような気がして。生意気だけど、今回のことで、人が生きていくってどういうことなのか、少しわかったような気がした。

子供を産むことはできなかったけど、新しい自分を手に入れることができたんだもの。」

加代子の話を聞いて清と恵子は、この二日間の加代子の成長を認めざるをえなかった。

「もう加代子は、自分のことは自分で決められるね。今までの自分を反省して、これから先どんどん前向きに進んで行きなさい。ポジティブにね。」清は加代子をそう言って励ました。

「うん、わかった。パパやママには心配かけたけど、もう大丈夫。私、前向きに生きていくから。」

「そうだよ。自分の気持ち、思いがこれからの自分の未来を創っていくんだから。物事、前向きに考えなくっちゃ。良いことだけを考えて、悪いことには目を向けない。くよくよしない。ポジティブ・シンキングだよ。」


翌日、加代子のボーイフレンドの直哉が病院に見舞いに来てくれた。

加代子が倒れた日、待ち合わせ場所に来ない加代子を心配して、家まで来てくれた直哉だったが、状況を話し病院への見舞いを断っていた。加代子の状態が思ったより回復していたので、恵子が直哉に連絡をしたのだった。

見舞いに来た直哉を見て、付き添っていた恵子は病室から出て行こうとした。

「すいません、おばさん。」

「いいのよ、ゆっくりしていってやって。木村君が来るのを待ってたんだから、この娘。」恵子がそう言って病室を出た。

「よう、加代、どうしたんだよ、急に入院だなんて。」直哉が照れくさそうに加代子に話しかけた。

「急性腹膜炎だったの。急にお腹が痛くなっちゃって、気が付いたら病院にいて、すぐ手術。心配かけてごめんね、直哉。」

「で、もう大丈夫なのかよ。」

「うん、一週間くらいで退院できるって。」

「そうか、よかったじゃん。」

しばらく軽い会話があった後、加代子が切り出した。

「直哉、話しておきたいことがあるの。」

「なんだよ。あらたまって。」直哉が不安げな顔で聞きなおした。

「実はね、大事なことだから直哉には話しておかなきゃと思って。」

「なんだよ。」

「私ね……、妊娠していたの。」加代子は勇気を振り絞って直哉にこのことを話した。

「本当?」

「ええ。」

「妊娠したって、そんなに簡単に言わないでくれよ。……どうしよう。」直哉のうろたえた表情を見て、加代子は不安になった。

「でも、今回の手術で子供は助からなかったの。」

「あ、そう。……びっくりさせるなよ。」

「直哉、どうしてそんな顔するの。私たちの赤ちゃんが死んじゃったのよ、悲しくないの?」

「だって、急に言うんだもん、びっくりするだろ。……俺たちまだ若いんだし、子供は無理だよ、な、わかるだろ、加代。」

「どうしてそんな風にしか言えないの?　私は真剣よ。」

「俺だって真剣だよ。加代のことが大好きだよ。でも、それとこれとは話が別だよ。子供ができたら、今までの通りにはいかないんだよ。」

「それはわかっているけど、直哉の返事が冷たかったから。」

「お前の体は大丈夫なんだろ？」

「私は大丈夫、妊娠のことは病院に運ばれた時にお医者様から聞くまでは知らなかったの。聞かされた後、色々考えたけど、赤ちゃんのことを考えると愛しくて、産みたいと思ったの。あとのことはその時考えればいいと思った。でも、手術の途中に赤ちゃんが死んじゃって。」

「ごめんな、付いていてやれなくて。」

「その後、私一人で考えたの。今回のことは、神様からのお仕置きじゃないかって。命を粗末にした罰を受けたのよ。……だから、もうくよくよしないことに決めたの。前を向いて生きていくことに決めたの。」

「加代、お前……。」

「色々あったけど、私はもう立ち直ったからね。直哉、これからも付き合ってくれるでしょ。」

「ああ、もちろん。」

「よかった。赤ちゃんのことを考えると涙が出そうになるけど、もう忘れることにする。これからもよろしくね。」

直哉は、加代子の明るい態度に少し戸惑いを覚えた。


直哉は病院からの帰り、恵子に深々と頭を下げて、

「おばさん、心配をおかけしてすいませんでした。僕、なんて言っていいのか……。」

「いいのよ、もう済んだことなんだから。それより、これからも加代子をよろしくね。」

「はい、わかりました。」

病院を出て行く直哉の頬に、涙が一筋流れ落ちた。

第二章　公園

加代子の入院騒動が落ち着いてしばらくした七月の初め。

梅雨明けも間近なある晴れた日の朝。

稲垣家はいつもと変わりない朝を向かえていた。


「期末テストももうそろそろだろ。ちゃんと勉強してるか?」清が眠そうに起きてきた大に話しかけた。

「……。」声にならない声で大が答える。

「大ちゃん、返事をちゃんとしなさい。」恵子の怒る声がダイニングに響く。

「ちゃんとやってるよ。朝からうるさいな。」大が恵子をにらみつけながら答えた。

「期末テストが終わればもう夏休みだな。いいよな、学生は。」清がうらやましそうにつぶやいた。

「パパ、同じこと言ってる。去年の夏休みも同じこと言ってたよ。」麻衣が呆れ顔で言った。

試験前一週間は部活が休みなので、いつもは剣道部の朝練でみんなよりも早く出掛ける大が、同じ時間に朝食を取っている。

清が出勤のため一番最初に席を立って出掛けて行った。

続いて、麻衣と大が席を立ち、最後に加代子が自転車で学校に出掛けた。

朝食の後片付けをしながらほっとする間もなく、恵子はパートに出掛ける準備にとり掛かる。


一郎は数日前から眠りが浅く、今日もあまり眠れない夜を明かした。

梅雨明けも間近のためか、気温が高く湿度も高い寝苦しい夜が続いたせいかもしれない。

正子が作った朝食を食べ、老夫婦の部屋に戻ってしばらく横になっていたが、アリスの散歩をせがむ鳴き声がして起き上がった。いつもなら朝食前にアリスの散歩をする一郎だが、今日は気が進まず食事の後にすることにした。

「お父さん、どこか調子でも悪いんじゃないの。」いつもと違う一郎の様子を見て、正子が話しかけたが、一郎は聞こえない素振りで庭へ出て行ってしまった。

正子がもう一度声をかけようかどうしようか考えている間に、一郎はアリスと一緒に散歩に出かけてしまった。

「疲れてるんだったら、散歩は私が行ってあげるのに。」正子が小さく独り言をつぶやいた。

いつにも増して元気のいいアリスに、引っ張られるように家を出た一郎は、いつものように家の近くを流れる用水路の川縁をしばらく歩いた。

途中でアリスの後始末をする時にしゃがみこんだ一郎は、足元がふらつく自分に気がついた。家を出る頃から少し吐き気をもよおしていた。

「アリス、今日は早いけど、これくらいで帰ろうな。」一郎はアリスに話しかけた。

この場所からだと、近くの「さくら公園」を横切れば五分ほどで家にたどり着く。家に帰ってしばらく休めば良くなるだろうと思いながら、もっと散歩がしたいと引っ張るアリスを引きずるようにして家路へと急いだ。

「さくら公園」を通り過ぎようとした時、一郎は急に頭が痛くなりしゃがみこんでしまった。

一郎がしゃがみこんだとき引き綱から手を離したことで、アリスは綱をつけたまま公園の中を走り回り始めた。

一郎は、その場でしばらくじっとしていたが、冷や汗が頭のてっぺんからつま先まで一気に噴きだしてきたような感覚を覚えたのを最後に、その場に倒れこんでしまった。

アリスは倒れこんだ一郎を見て走り回るのをやめ、しばらくきょとんとした目で倒れている一郎を見ていたが、ゆっくりと近づき、「クンクン」と鼻を鳴らしながら一郎を起こそうとした。

何度かそれを試したが、起き上がらない一郎を見て、アリスは大きな声で鳴き始めた。

「ウワン、ウワン」一郎の異変を誰かに気づかせようとでもするように、アリスは周りにいる人間に向かって大きな声で鳴き始めた。

公園の片隅で井戸端会議に花を咲かせていた数人の主婦たちが、アリスの鳴き声に気が付いて一郎の周りに集まってきた。

「おじいさん、大丈夫ですか?」そのうちの一人が、一郎の肩をたたきながら話しかけたが、反応がない。

「この犬、アリスちゃんじゃない?」一人がアリスを知っているようだ。

「救急車呼んだほうがいいんじゃない。」

「私、救急車呼ぶから、誰か稲垣さんの家に知らせに行ってあげて。」

「わかった、私が行くわ。」

一郎を呼ぶ悲しげなアリスの鳴き声が公園に響いていた。

数分後、先に救急車が「さくら公園」に着き、一郎がストレッチャーに乗せられた。急な知らせを聞いた正子が公園に着いたとき、一郎は救急車に入れられるところだったが、半信半疑で駆けつけた正子は一郎の姿を見たとたんその場にしゃがみこんでしまった。

「どうして急に。さっきまで、あんなに元気だったのに。」正子が小さな声でつぶやいた。アリスが、しゃがみこんだ正子に寄り添うように座っていた。

一郎が救急車で運び込まれた病院は、きしくも加代子が入院した病院と同じ総合病院だった。

救急患者として運び込まれた一郎は、緊急処置室に運ばれ様々な検査を受けた結果、脳出血の症状と診断され、緊急手術が行われることになった。

パート先のスーパーで商品の品出しをしているところに、隣の家の奥さんから電話が入り義父が倒れたことを知らされた恵子は、取るものもとりあえず病院に駆けつけた。清には病院に向かう途中、会社へ電話したが、直接本人はつかまらず伝言しておいた。

病院に着いた恵子は、緊急処置室の隣の待合室で一人で心配そうにうつむいている正子の横に静かに腰かけ、正子の肩を抱き寄せた。

「お義母さん、大丈夫？　あとの事は先生に任せて、お義父さんの無事を祈りましょう。」

「恵ちゃん、ありがとう。清には連絡は取れたの？」

「会社に電話したんですが、出掛けてるそうなので伝言を頼みました。もうすぐ駆けつけてくると思います。」

「お父さん、二、三日前から寝不足気味だったんだけど、急に倒れるなんて。私がもっと気遣ってやれば……。」正子が顔を両手で覆いながら涙声でつぶやいた。

恵子は、黙って正子の肩をさすりながら処置が終わるのを待った。

ガラス越しに見える緊急処置室の中では、医師や看護婦があくせくと動き回っている。

しばらくして、医師が一人、処置室から出てきて正子たちの前に歩み寄って来た。

「親族の方でいらっしゃいますか？」

「はい、そうです。」気が動転し返答できない正子に代わり、恵子が返事した。

「患者さんの状態についてご説明しますので、こちらの部屋でお待ちください。」

医師が指し示した部屋は、先日加代子が入院したときに説明を受けた部屋と同じカウンセリング室であった。

しばらく二人でカウンセリング室のリクライニングチェアーに座って待っていると、先ほどの医師が、レントゲン写真を入れた封筒を持って部屋に入って来た。

「どうなんですか？　お父さんは助かるんですか？」医師から話し出すのを待ちきれずに、正子が大きな声で医師に問いかけた。

「率直に申し上げて、非常に危険な状態です。今、緊急手術にとりかかりました。」

医師は落ち着いた口ぶりで答え、レントゲン写真を封筒から取り出して、説明を始めた。

「脳出血です。脳の血管の一部が破れて、脳の中に血が溜まった状態です。破れた血管の処置とあわせて、溜まった血液が脳を圧迫している状態を早く開放してやらないと、障害を残してしまう場合があるので、それらを中心に慎重に手術を進めます。」

レントゲンに写された一郎の頭の中を指し示しながら、医師は淡々と説明を続けた。

「高齢の患者さんなので、体になるべく負担のかからない方法で手術は行いますが、一刻を争う危険な状態であることはご理解ください。」

「危険な状態って、それは死んでしまうかもしれないってことですか？」正子がすがりつくように医師に問いかけた。

「そうならないように、我々も最善の努力はいたします。ですが、今の状態では、五分五分といった状態です。万が一のことがありますので、親族の方にご連絡を取られたほうがよいかと思われますが……。」医師が急に小さな声で正子たちに答えた。

「お父さん、死んでしまうかもしれないんですか？　そんな。だって、さっきまで元気でいたのに。アリスの散歩にだって行ったのに……。」正子は、両手で顔を覆いながら涙声で医師に問いかけた。

取り乱した正子を介抱するように抱きかかえながら、恵子は医師に話しかけた。

「先生、義父をよろしくお願いします。私たちに何かできることはないでしょうか？」

「皆さんで患者さんの無事を祈ってあげてください。我々も全力を尽くして頑張りますから。」そう言い残して、医師はカウンセリング室を出て行った。

清が連絡を受けたのは、部下と得意先を回るため車で移動中の時だった。

携帯に電話が入り、会社の女子社員から急を知らせる伝言を聞いた時、清は頭の先から血の引くような思いをし、放心状態になった。

その様子を横で見ていた部下に呼びかけられ我に返った清は、車を自宅に向かわせた。

家族全員、皆健康があたりまえだと思っていたが、父の年齢を考えると、突然の知らせも、来る時が来たという気がする。でも、もっと先だと思っていた。

同居した時から時々考えてきたことだが、それにしても早すぎる。今まで苦労を重ねてきた昭和一桁生まれの父には、もっと長生きして余生をエンジョイしてほしかった。

しかし、順番は必ず巡ってくるのだ。

気が動転しているのに冷静になっている自分に違和感を覚えながら、父の無事を念じて自宅へと向かう清だった。

自宅に戻ると、隣の家の奥さんが待っていてくれて、入院先の病院を教えてくれた。

念のため、必要であろう物を準備をして、病院へと向かった。

清が病院に到着した時、カウンセリング室から正子と恵子が出てくるところだった。清を見つけた恵子が合図すると、清は足早に二人のもとに駆け寄った。

正子は清の姿を見て安心したのか、清の肩に崩れるように寄りかかった。

「母さん、大丈夫かい。今母さんがしっかりしないでどうするんだよ。」清が元気づけるように正子を励ました。

緊急処置室の横のベンチに正子を腰かけさせながら、清が恵子に聞いた。

「で、どうなんだ、父さんの様子は？」

「脳出血と今お医者様に説明を受けたんだけど、非常に危険な状態らしいの。」

「危険って、命に関わるくらいということなのか？」

「ええ、親族の方に連絡を取ったほうがいいとお医者様は言っていたわ。」

「そうか……。そんなに悪いのか。でも、急に何で？」

「お父さん、アリスの散歩中に倒れたみたいなのよ。私がパートに出掛けたあとにアリスの散歩に出掛けて、途中のさくら公園で急に倒れたんですって。アリスがそれを見て周りにいる人に知らせて、救急車でこの病院に運ばれたの。」

「アリスが知らせてくれたのか。さぞかし、アリスもびっくりしたろうな……。まず、親戚に連絡しよう。ママは、子供たちの学校に連絡して、早退して病院に来るように言いなさい。」

「わかったわ。電話はどうしましょう。」

「この携帯を使えばいい。俺は、公衆電話で連絡を取ってみる。まずは、妹のところに連絡するから。」

清と恵子は手分けして親戚、知人に一郎の急を知らせることにした。


一郎の手術は長時間に及んだ。

「もう、十時間以上になるけど、どうなのかしら?」恵子が小さくつぶやいた。

「頭の手術は時間がかかると聞いたことがあるけど、それにしても長いな。」清がもう暗くなった窓の外を眺めながら答えた。

「お父さんが無事でいてさえくれれば、時間はいくらかかってもいいよ。」正子が手を合わせて祈るようにしながら小さくつぶやいた。

学校を早退して帰ってきた子供たちも、待ちくたびれた様子でベンチに腰をかけている。

田舎の金沢からは、一郎の弟・亮と、清の妹の恭子が来てくれていた。

正子の姉・紀子は、嫁ぎ先の町田から来てくれた。

みんなで一郎の無事を祈りながら、それから一時間ほどたって、ようやく手術は終了した。


手術室から出て来た一郎は、頭の周りに大きな白い帽子をかぶせられたようで、口には人工呼吸用の太いチューブがくわえさせられていた。

変わり果てた一郎の姿を見て、正子が嗚咽をはきながらその場にうずくまった。

一郎を乗せたストレッチャーは、緊急処置室の隣の集中治療室に入って行った。

一郎と一緒に皆集中治療室に向かおうとしたが、医師がそれを制し、その場で待つように手で合図し、集中治療室に入って行った。

別の医師の案内に従い、皆は、カウンセリング室に入って待っていた。

先ほどの医師がレントゲン写真の入った封筒とカルテを持ってカウンセリング室に入ってきた。

医師からの第一声を皆は固唾を飲んで待っていた。

「お待たせしました。手術は無事に終わりました。」医師が椅子に腰かけて一息置いてからはっきりした声で皆に話しかけた。

「ありがとうございました。」正子の声に合わせて、皆医師に深々と頭を下げて感謝の気持ちを表した。

「手術経過と現状についてご説明いたします。」医師が一郎の状況を詳しく説明し始めた。

内容は、手術はおおむね順調に行われたが、出血の量が多く、一部の脳細胞が機能していない状態が考えられるので、回復した場合でも言語障害、機能障害、もしくは半身不随の状態になる恐れがあること。また、倒れた時に腕を骨折しており、障害が出た場合のリハビリの進め方に影響があるかもしれないこと。

また、再発の可能性についても話があった。

「今回の脳出血は、脳梗塞が原因でおきたものと思われます。今回の手術で出血した場所の処置を行いましたが、別の場所でまた脳出血が起こらないとも限りません。入院中は我々も注意しますが、良くなってからも周りでも注意して差し上げてください。」


医師の説明を聞き終わって、カウンセリング室から待合室に場所を移した一同は、皆ほっと胸をなでおろした。死の危機は脱したようだ。

「助かって本当によかった。ほっとしたら何だかお腹がすいてきちゃった。」正子がつぶやくのを聞いてみんな笑い出した。

「集中治療室は面会ができないみたいだから、今日のところは皆家に帰りましょう。私は準備をしてまた病院に戻ってくることにするわ。」恵子が皆に話しかけた。

「俺は今日は病院にいるよ。母さん、どうする？　疲れてるだろうから家に帰って休んだら。」清が正子に話しかけた。

「みんな帰って休みなさい。私は今夜はおじいちゃんの近くにいてあげたいから病院に残ることにするよ。」


恵子が病院に戻ってくる途中、近くのコンビニでおにぎりとサンドイッチを買ってきてくれた。

正子と清はそれを食べながら、三人でこれからのことを話し合った。

脳出血の後遺症がどの程度なのか、それが一番気がかりだった。

「障害がどの程度残るのかわからないけど、しばらくの間は入院だから心配はないけど、退院して家に戻ってからどうして介護していくか、それを今のうちから考えて準備しておいたほうがいいと思うんだ。」清が話を切り出した。

「おじいちゃんは私が看るよ。もう四十年以上連れ添っているんだから、あたりまえじゃないか。」正子がきっぱりと言い切った。

「それはわかるけど、体を動かせないかもしれないんだよ。持ち上げたり、おんぶしたり、力仕事が必要になるかもしれないんだから。」

「お義母さん。私ももちろん協力します。何でも必要な時には声をかけてください。子供たちだっているんだし、パパ、何とかなるんじゃないの。」恵子が不安を自分自身で打ち消すように答えた。

「会社の同僚で、同じように親を介護している奴を知ってるけど、話を聞くと大変らしいよ。でも、親父もまだ若いんだから、リハビリを頑張って、またアリスの散歩に行けるようになればいいんだけど。」

「大丈夫よ。おじいちゃんは頑張り屋さんだから、必ずよくなるわよ。私が保証する。」

　正子は自分に言い聞かせるように答えた。

　それから、三人で色々な話をしていくうちに、一郎の若い頃の話になった。

　正子は、一郎との出会いの時期の話を思い出しながら話した。

　清が初めて聞く話だった。

「私が女学校の三年生の頃、東京に行っている大学生だったお父さんに、金沢の片町あたりで声をかけられたの。まだあの頃は闇市が残っていたけど。」

「へー、母さんナンパされたんだ。」清が茶化すように合いの手を入れた。

「今で言えばナンパだけど、あの頃は男の人が見ず知らずの女の人に声をかけることなんてなかったのよ。だから私は驚いてその場に立ちすくんでしまって……。

　それが縁で付き合うようになったんだけど、お父さんは東京、私は金沢、そんな仲が二年も続いたの。」

「今で言う遠距離恋愛ですね。」恵子が合いの手を入れた。

「お父さんが東京の大学を卒業して、金沢に帰って来て就職した時、初めて私の両親に紹介したら猛反対されたの。」

「実は、私には小さい頃からの許婚《いいなずけ》がいたらしいんだけど、私そんな話一度も聞いたことがなかったから、親と大喧嘩して、家を飛び出して、お父さんの家に転がりこんだの。その時、一郎さんのお母さん、つまりお婆ちゃんにすごく優しくしてもらって、一緒に住むようになったのがきっかけなの。」

「へー、初めて聞いたけど、母さん結構行動派だったんだ。」清が感心しながら言った。

「もう今から、四十年以上前の話だからね。今となってはいい思い出だよ。」

「母さんの親はよく許してくれたね。」

「すぐには許してくれなかったよ。でも、あなたが生まれてから、実家にあなたを連れて報告に行った時に、初孫を喜んで迎えてくれて、それで仲直りできたんだよ。子は鎹《かすがい》って言うけど、孫は鎹だね。」

「この分だと、俺が知らない話がたくさんありそうだな。」清が正子に話しかけた。

「それからね、あなたがまだ赤ん坊だった頃、離婚しそうになったことがあるのよ。」

「え、本当ですか。」横から恵子が身を乗り出して訊ねた。

「お父さんが、勤めている会社の若い女の人と浮気をしたのよ。それを私もよく知っている会社の同僚の人が私に教えてくれたの。おじいちゃんを問い質したら白状したから、もう離婚するつもりであなたを連れて実家に帰ったのよ。そしたら、私のお父さんに怒られたの。亭主の浮気の一つや二つで大騒ぎするなって。女房ならもっとどっしり構えてろって怒られたの。」

「父さんはどうしたの？」清が聞いた。

「すぐに実家に迎えに来たわ。」

「で、母さんはどうしたの。」

「私のお父さんの口ぶりだと、実家においてもらえそうになかったし、お父さんも土下座して謝ってくれたから、家に帰った。でも、それからしばらくお父さんとてもやさしかったわ。」

正子が、思い出したようにつぶやいた。

取り止めもない話をしているうちに窓の外は白々と明るくなってきた。

そんな時、集中治療室の中が急に騒がしくなってきた。

それに気がついた清は、集中治療室から出てきた看護婦に様子を聞いた。

「どうかしたんですか?」

「患者さんの容態が急変して……、詳しくは先生から聞いてください。」と言って、急いで医師を呼びに行った。

三人は顔を見合わせて、今聞いた言葉を頭の中で繰り返してみた。

「容態が急変ってどういうこと？」正子がつぶやいた。

「まさか、先生は手術は成功したと言っていたのに。」恵子がつぶやいた。

「急変って、まさか再発？」清は自分の言っている言葉に驚いた。

手術によって一度は持ち直した一郎だったが、脳梗塞の状態が担当医師の予想よりも重く、また脳出血を再発し、再手術の準備ができる前に一郎は帰らぬ人となってしまった。

第三章　煙突

容態の急変で他界した一郎の葬儀は、夏の暑い日ざしが降り注ぐ日、自宅近くの葬祭会館で行われた。

一郎の金沢の知人、会社員時代の同僚、清の会社関係、近所の方など、多くの参列者が集まり、しめやかに行われた。

一郎が亡くなってからというもの、正子は急に口数が少なくなり、昨日の通夜そして今日の葬儀の最中も、来てくれた参列者に挨拶するだけで、ほとんど誰とも口を利かない状態だった。

そんな中、清は葬儀委員長として、一郎の葬儀を立派にやり遂げなければと緊張した時間を過ごしていた。

葬儀も滞りなく進み、もうすぐ出棺という時、急に正子が泣き出した。

棺にすがりながら、大きな声をあげて泣き出した。

「お父さん、どうしてそんな所に入ってるの。早く出てきてよ。お父さん。お父さん。」

「お父さん、どうして一人で行っちゃうの。お父さん。お父さん。」

周りの参列者もそんな正子を見て、もらい泣きしていた。

清と大が、正子を抱きかかえ、諭すように言い聞かせると、正子は少し落ち着きを取り戻し、親族の席に戻っていった。

清が最後に参列者に挨拶する。

「本日はお忙しい中、亡き父一郎のためにご参列いただき誠にありがとうございました。あまりにも突然の父の死に、家族一同戸惑うばかりで、まだ、実感がなく、これから家に帰るとそこに父が待っているような気がしてなりません。

我々家族の胸にぽっかりと大きな穴が開いたような気がしますが、私たちはこれを乗り越えなければなりません。

父の体はこの世からなくなってしまいますが、父は我々家族の心の中に生き続けます。

今から思えば、あまり親孝行ができなかったように思います。私の都合で住み慣れた街、金沢をあとにし、大宮に来て他人にはわからない苦労をかけたと思います。そんな大宮にもやっと慣れてきて、これからという時に……。

お父さん、親不孝な私を許してください。」感極まって清は涙ぐんでいた。

「ご参列いただいた皆さん、遠方より来ていただいた皆さん、本日は本当にありがとうございました。残された我々家族一同、これからも父の教えを守り、生きていきたいと思います。これからもご指導よろしくお願いいたします。ありがとうございました。」

清の挨拶を最後に、告別式は終わった。

引き続き、棺が大きな霊柩車に乗せられ出棺である。

親族と一部の知人がマイクロバスに分乗して、霊柩車と一緒に火葬場に向かった。

清は、霊柩車の棺の横に座って火葬場へ向かう途中、今は亡き伊丹十三監督の映画「お葬式」を思い出していた。

突然の父親の死に無我夢中で葬式を進める男を主人公にした物語だったが、その主人公と自分が重なって見えてきて、一人で苦笑した。隣に座っている恵子が、宮本信子に見えてきて、また苦笑した。

その様子を見ていた恵子が、「どうかしたの。緊張しすぎておかしくなったんじゃないの。」と清を注意した。

正子は、火葬場に向かう途中も黙ったままだった。周りに注意を払うわけでもなく、泣き出すわけでもなく、ただ虚ろに沈黙を守っていた。

火葬場に着くとすぐに火葬の準備にとりかかった。今日は葬儀が多いようで、後の組が待っているので急かされた。

一人一人が順番に棺の中の一郎に最後のお別れを言い、花を一輪ずつ入れていく。加代子も麻衣も泣きながら冷たくなった一郎の頬に手を差し伸べ、別れを告げた。大は一郎に一番可愛がられていたが、唇を噛み締めながら涙を我慢して花を一輪、一郎の顔の横に置いた。

最後に、清が棺に一郎の愛用したペン、コップ、髭剃りなどを入れ、花を一杯入れて棺を閉じようとした時、正子が急に喋りだした。

「どうしてお父さんを燃やしちゃうの？　まだこんなに元気なのに。清、早くお父さんを起こしてあげて。」

「お母さん、父さんはもう死んだんだよ。ほら、こんなに冷たくなったんだよ。もうこれでお父さんとお別れだから、母さんも父さんに何か言ってやってくれよ。」清は涙を拭きながら正子に懇願した。

「あなた。起きて！　起きてよ！」正子は最後まで一郎の死を認めようとはしなかった。

火葬場の扉が閉まり、火が入れられた。

みんなは、火葬場の外に出て、煙突の先を見守った。

しばらくして、白い煙がスーっと立ち昇り、上空へ吸い込まれるようにして消えていくのが見えた。

「おじいちゃんは、ブランコに乗って天国へ行ったんだね。」加代子は以前に見た夢を思い出して一人つぶやいた。

空を見上げるみんなの目から涙が一筋こぼれ落ちていった。

第四章　金沢

正子は、一郎の葬儀が終わってからしばらくの間、寝込んでしまった。

医師の診断では、一郎の突然の死によるストレスが原因ではないかということで、特に治療は必要なく、自宅で安静にするようにとの処方だった。

清は、葬儀が一段落した後、特別休暇を取り、金沢にある稲垣家の墓に恵子と納骨に向かった。

正子も一緒に行った方が良いのだが、状態を考えて家に残すことにし、留守は加代子と麻衣に任せて、夫婦でゆっくり行くことにした。


金沢では、妹の恭子の家に世話になることにした。

金沢市役所に勤める恭子の夫・徹は、清より一歳年下で、同じ高校に通っていた後輩である。気心が知れた妹夫婦の家は、一郎が金沢を引き払ってからは、墓参りなどでよく泊まりに行っている。

大家族のため、いつもは車で帰省するのだが、今回は二人なので小松空港まで飛行機を利用し、徹に車で空港まで迎えに来てもらった。

恭子の家のリビングルーム。

「お兄さん、今回は何日くらいこっちにいられるの？」恭子が清に聞いた。

「お墓の納骨は一日で終わるけど、葬儀に来てくれた人たちへ挨拶に回りたいから、二、三日厄介になるよ。よろしくな。」清が答える。

まるで自分の家に帰ったように振舞う清を見て、恵子は恐縮しながら徹に話し掛けた。

「お世話になりますがよろしくお願いします。パパ、お世話になるんだから、ちゃんとご挨拶しないと失礼よ。徹さん、ごめんなさいね。」

「いえ、いいんですよ。義兄さんと僕は、同じ釜の飯を食った仲なんですから、家族同然ですよ。あんまり気を遣わないでください、お義姉さん。」徹が、冷えたビールを清の差し出すコップに注ぎながら答えた。

「ところで義兄さん。金沢での足はどうするの？　よかったら僕の車を使ってもらってもいいよ。」

「そうかい、ありがとう。実はこっちからお願いしようと思ってたんだ。そうさせてもらえると助かるよ。」清はお返しに冷えたビールを徹の差し出すコップに注ぎながら答えた。

それからしばらく世間話が続いたあと、

「お兄さん、ところでお母さんの具合はどう？　お葬式の時は大変だったけど……。」

恭子が切り出した。

「あれから病院で診てもらったんだけど、特に異常はないらしい。ただ、おやじ、急に逝ったから、相当なショックを受けたみたいで、その精神的なストレスが原因だって先生が言ってたよ。今は家で安静にしているから大分落ち着いてきたし、もう少し様子を見れば、大丈夫だよ。ただ、今回おふくろも一緒に連れて来たかったけど、無理はできないと思って家においてきたんだ。」

「良くなってよかった。私も、お葬式から金沢に帰る時心配でしょうがなかったもの。やっぱり、永年連れ添った夫婦だから、急に片方がいなくなっちゃうと、相当なショックなんでしょうね。」恭子が徹の顔をのぞきながら話した。

「でも、おやじの葬式が終わるまでは気ぜわしくて思わなかったけど、今になって考えてみると、おやじやおふくろには申し訳ないけど、突然の死でよかったんじゃないかなと思うんだよ。」清がしみじみと話し出した。

「だってそうだろ。倒れた本人だって、生き長らえたとしても障害が体に残って満足に動けないし、リハビリだってあれ相当辛いらしいよ。介抱する俺たちだって、大変な労力が必要になってくるじゃないか。それを考えると、おやじの死に方はあれはあれで本人にとっても、周りの人間にとってもよかったと思うよ。」

「お兄さん、それはでも冷たすぎるんじゃない。生きてさえいてくれたら、いろんな感情を共有できるけど、死んでしまったらそれでおしまいなのよ。」恭子が反論した。

「恭子、俺は義兄さんの言い分も一理あると思うよ。」徹が清に同調した。

「最近の医療は延命治療が発達しているから、本人が生きたいかどうかに関わらず、人工的に生き長らえさせることがあるけど、それは本人のためなのかな？　本人はもう辛いから楽にしてくれと思ってるかもしれないよ。周りの人間が厄介払いのためにというのは俺も反対だけど、本人のためを思うとよかったのかもしれないよ。」

「もし自分が倒れたらどうしようと考えたんだよ。もし俺が倒れて、植物人間のような状態になって、女房や子供たちに面倒かけるくらいなら、俺は死んだほうがいいと思ったんだ。」清が恵子の方を見ながら強い口調で話した。

「さっき徹君が言った延命治療、俺はそれは拒否するね。ママ、もしそんなことになったら、早く俺を楽にしてくれよ。」

「いやあね、縁起でもない。でも、私も死ぬ時は〝ぽっくり病〟じゃないけど、あっさりと死んでいきたいな。」恵子が答えた。

「私ももちろん面倒はかけたくないけど、生きていればよくなる可能性だってあるんだから、それなりの延命治療は必要だと思うけどな。」恭子が納得できない表情で清に言い返した。

「倒れた本人がはっきりした意思を持ち、治りたいんだ、と思えばその考えに従えばいいんだけど、本人の意思とは別にただ生かされてるだけというんなら、俺はご免こうむるよ。」

「人の死に対する考え方は、人によって違いがあるということだよ。恭子のような考え方もあるし、義兄さんのような考え方もある。それでいいと思うよ。ただ、大事なことは病める者の意思を如何に尊重するかということだと思うんだ。」

「そうよね、同じことをされても、それをありがたいと感じる人と、迷惑と感じる人がいるんだから。ただ、周りの人はそれを良かれと思ってやってくれているということを、本人は自覚する必要があると思うわ。誰も嫌がられることをしているわけではないんだから。」恵子が答えた。

「家族だもの、みんなお互い家族のことを考えているわけだし、一人一人が相手を思いやることでうまくいくんじゃないかしら。そういう意味では、お互いに自分の考え、気持ち、意思を家族全員で話し合っておく必要があるのかもね。」恭子が三人を見回しながら話した。

翌日は梅雨明け間近の蒸し暑い日だった。

清と恵子、徹と恭子の四人で、稲垣家の墓に父・一郎の納骨をした。小太りのお坊さんが、汗を吹きながら墓前でお経をあげてくれた。

その日、大宮の家でちょっとした事件が起きていた。

期末試験のため午前中に帰宅した加代子は、正子がいないことに気が付いた。朝はいつもと変わりなく孫たちの朝食を作って学校へ送り出してくれたのに、家の中はどこを探してもいなかった。

近所を探してみたがどこにもいない。

麻衣と大も期末試験中のためその日は昼過ぎに帰宅したので、手分けして探し回ったが、全然見つからない。

途方にくれていると、午後四時過ぎに、家の前にパトカーが横付けで止まった。パトカーの中から正子が制服を着た警察官に抱きかかえられるようにして出てきた。

それを見つけた加代子は真っ先に玄関口へ飛び出して行った。

「おばあちゃん、どこに行ってたの？　心配したじゃない。」加代子が正子の手を握りしめながら話しかけたが、反応がない。

「おばあちゃん、おばあちゃん、どうしたの？」と加代子が正子を揺り動かしながら耳元で呼ぶと、やっと気がついたようで、加代子の顔をじっと見つめた。

「大宮公園の中を裸足で歩いているおばあちゃんがいるという通報で行って見たのですが、一人で何かをつぶやきながら歩いていらっしゃったので、お話を聞いたところ、〝お父さんが呼んでいる〟とか〝先に行った〟とか訳のわからないことを言われていたので、交番まで来ていただきました。少し休んだら落ち着いてこられまして、ご自分の家へ帰る方向がわからないということなので、お送りしました。」送ってくれたお巡りさんが事情を説明してくれた。

「色々ご面倒かけまして申し訳ありませんでした。どうもありがとうございました。」加代子が正子を抱きかかえながらお礼を言った。

後に続いて出てきた麻衣と大も深々と頭を下げて御礼を言った。

「お母さんかお父さんは？」お巡りさんが加代子に聞いた。

「今二人とも出掛けています。実はおじいちゃんが先日亡くなりまして、その納骨で金沢まで出掛けました。あさってには帰る予定です。」加代子が答えた。

「じゃあ、今は君達三人とおばあちゃんだけなの？　大丈夫かな？」

「大丈夫です。私たちが交替で見るようにしますから。」加代子が心配そうにのぞき込むお巡りさんに答えた。

「じゃ、何かあったら警察に連絡するようにしてくださいね。」

「はい、わかりました。」三人で合わせたように一緒に返事した。

心配そうに四人を見ながら、警察官が立ち去った。


正子はだいぶ落ち着いた様子で、加代子たちに事情を説明した。

「ごめんね、心配かけて。今朝、あなたたちを送り出してから一服していたら急に散歩に行きたくなって、出かけることにしたの。そしてね、しばらく歩いていると、うしろ姿がおじいちゃんにそっくりな人を見つけたの。その人について歩いているうちにどこを歩いているのかわからなくなって、急に不安になって立ち止まったら、どこかから聞き覚えのある声が聞こえてきたの。〝おーい、正子、どこに行くんだ、こっちだよ、こっち。〟っていうおじいちゃんの声だったのよ。確かに聞こえたの。」

周りの三人は呆気に取られたように、うなずきもせずただ聞き入っていた。

「こっち聞こえた方にしばらく歩いて行くと、またどこからともなく〝こっちだよ〟とおじいちゃんの声が聞こえるの。それについて行くようにして歩いていたら、お巡りさんに呼び止められたの。」

「ほんとにおじいちゃんの声が聞こえたの？」麻衣が恐る恐る聞いてみた。

「私にははっきり聞こえたのよ。ただ、聞こえた方を探すんだけど、誰もいないの。」

「それで大宮公園まで歩いて行ったの？　あそこは、家からだと五キロメートルくらいあるよ。」大が正子の目を食い入るように見ながら聞いた。

「気がついたら、そこにいたのよ。そこがどこかもお巡りさんから聞くまでわからなかった。ただ声のする方向に歩いて行っただけなの。」

「今はおじいちゃんの声は聞こえるの？」麻衣が聞いた。

「公園でお巡りさんに呼び止められてからはもう聞こえない。」

「でも、おばあちゃんがいなくなったんでびっくりしちゃったよ。みんなでいろんなところを探したけどどこにもいないんだもの。」加代子がつぶやいた。

「ごめんなさいね。ちょっと散歩のつもりが、もう夕方ね。晩御飯の準備するから、ちょっと待っててね。」正子は立ち上がり台所へ歩いて行った。

そのうしろ姿を見て、あらためてほっとする加代子たちだった。

その日の夜、正子が寝たのを確認してから、加代子は電話でその出来事を恵子に報告した。

清と恵子は、明日予定していた挨拶回りを早めに終わらせて、その日の内に家に帰ることにした。加代子は明日学校を休んで、一日正子と家にいることにした。


翌日、正子は朝早くに目覚めた。

昨日までとは違うさわやかな目覚めだった。一郎の声を聞いたからだろうか。気持ちがすっきりしたように感じていた。心の整理がついたようだ。

しかし、昨日聞こえた一郎の声は何だったのだろうか。幻聴？　それとも、一郎が何かを伝えたくて……？

孫たちに朝食を取らせ学校へ送り出したが、加代子は今日は休むと言う。

昨日のことがあって、心配してくれたのだろう。加代子のやさしさがありがたかった。

清たちが大宮の家に戻ったのは、夜十時を過ぎていた。

いつも早く休む正子は、すでに床に入っていた。

今日の様子を加代子に聞いてみたが、特に変わったことはなかったようである。

昨日の加代子からの電話の後、もしかして〝ボケ〟が始まったのではないかと心配した清たちだったが、この様子だと心配ないだろう。

明日、正子にはそれとなく清から様子を聞くことにして、今回の件は大袈裟にはしないようにすることにした。一郎の死後、精神的に不安定な状態が続いたが、少しずつ治ってきているのだから、もう心配ない、と自分自身に言い聞かせる清たちだった。

第五章　京都

北陸では浄土真宗を多くの家で信心している。

浄土真宗の稲垣家は、門徒のたしなみとして、代々、京都の西本願寺大谷本廟への分骨を行っている。

清は一郎の分骨を金沢での納骨の帰りに京都にも寄り、済ませようと考えていたが、正子の体調が思わしくなかったため、分骨だけは後でやることにした。

金沢から戻って二週間後、正子の様子も一郎が元気だった頃と同じくらいにまで回復し、旅行に出掛けても心配要らないと判断したので、恵子と三人で京都に出掛けることにした。

正子にも良い気分転換になるだろう。

子供たちの学校はもう夏休みを迎え、三人が留守にしても子供たちだけで何とかやるだろう。それくらいの経験をさせたほうが良いと思い、三泊四日の小旅行を計画した。

正子の体調を考え、移動は車を避けて新幹線にした。

清にとっては仕事の出張によく新幹線を利用するが、正子と恵子にとっては新幹線はしばらく利用していない。二人が出発前から子供のようにわくわくしているのが、清にはやけにおかしく、可愛く見えた。

西本願寺大谷本廟は東山にあるが、宿は四条大宮の小さな和風旅館にした。四条大宮は市内バスの要所であり、嵐山方面に向かう京福電車の始発駅もあるので移動に都合が良いからそこに決めた。

一日目は、昼過ぎに旅館に到着してから、ゆっくりと温泉（と言っても内風呂だが）に入り、京料理を堪能した。特に、鱧は絶品だった。この時期の鱧は脂もほどよく乗り、細かく切られた小骨のしゃりっとした歯ざわりと相まって、えもいわれぬ味わいをみせてくれる。

三人とも旅のほどよい疲れと、今までの諸事から開放されたのか、その日はぐっすりと眠った。

二日目、午前中に大谷本廟に分骨に出掛けることにした。

大谷本廟は京都駅の東、東山の清水寺の近く、五条坂にある。

三人はタクシーで大谷本廟まで向かった。

分骨といっても今では手続きは非常に簡単である。「祖壇納骨中込書」という書類に必要事項を書き込んで、お骨と一緒に窓口に出せば受け付けてくれる。

受け付けが終わったあと、三人でお参りを済ませ、昼近くには分骨は滞りなく終了した。

その日の昼食は事前に清が円山公園の中にある京料理の店を予約しておいた。春や秋の観光シーズンでは予約ですらなかなかできないほどの有名な料亭である。

京都独特の真夏の蒸し暑さを避けるように、冷房が行き届いた店内は客で一杯だったが、予約していた三人は、奥の座敷の方に通された。

その店は、湯豆腐がおいしいことで有名で、正子と恵子は「湯豆腐弁当」を注文した。清は「京弁当（湯豆腐付き）」にした。

円山公園を借景にした料亭の庭を眺めながら、ゆっくりとした時間を味わった。

「いろいろあったけど、分骨も終わって、やっと落ち着いたって感じだな。」清がしみじみと話しかけた。
「お義母さんも落ち着いてこられたし、如何ですか。」恵子が正子に尋ねた。
「いろいろ心配かけたけど、もう大丈夫。大宮に帰ったら、また絵でも描くとしましょう。」

正子は金沢時代、清と恭子が独立して一郎と二人っきりになった時、学生時代にやっていた絵を描くようになった。もともとその才能があったのか、何枚か描くうちにアマチュア対象の市の展覧会に出品するようになり、賞をもらったこともあった。

大宮に引っ越してきてからは、忙しさも手伝って絵を描くことから遠ざかっていた正子だが、これからはゆっくりと絵を描く時間を持とうと思った。
「私もまたパートで頑張らなくっちゃ。」恵子が小さく独り言を言った。

昼食を済ませ外に出ると、真夏の太陽が照りつけ気温はもう三十度をはるかに超していているようだった。

三人は、タクシーを呼び止め、正子の希望で銀閣寺に向かった。

銀閣寺の庭園に入ると正子は急に立ち止まり、ノートに銀閣寺の様子をスケッチし始めた。今度描く絵の題材にするつもりなのだろう。

その間、清と恵子は庭園内の散策に出掛けた。小高い山のようになっている園内を順路に従って歩くのだが、さすがに真夏の暑い日ざしのためか、歩く人もまばらである。

上ったり下りたりを繰り返し二十分ほど歩いてもとの場所に戻ってくると、正子はまだスケッチを続けていた。

恵子が日傘をそっと正子に差しかけてやった。

銀閣寺を出てから、哲学の道をしばらく歩いた。

桜並木の道は、春ならさぞかし花がきれいだろうが、夏の時期は良い木陰を造ってくれて、歩く者にとっては非常にありがたい。

途中の土産物屋さんに立ち寄り、加代子や麻衣に小物のお土産を買ってやった。

また、しばらく歩くと、洒落た喫茶店を見つけて入ることにした。

「母さん、疲れてないか?」運ばれてきたアイスコーヒーにミルクを入れながら、清が正子に話しかけた。

「少し疲れたけどまだ大丈夫よ。少し休んで今度は三十三間堂に行きたいんだけど。」正子は弾んだ声で返事した。

「お義母さん、あまり無理をしないほうが。」恵子が正子を気遣って言った。

「大丈夫よ、恵子さん。私よりあなたのほうは大丈夫?」

その喫茶店はかき氷がおいしい店で、正子は小倉抹茶、恵子は小倉ミルクを頼んで、二人でお互いの味比べをしながら、休息時間を楽しんだ。


喫茶店を出てから、哲学の道を途中で外れ、次に三十三間堂に向かった。

外の暑さとうって変わって、お堂の中はひんやりとしていた。冷房がかけられている訳でもないが、重厚なつくりのためか外の熱が伝わりにくいのである。

ここでも正子はスケッチをはじめた。沢山ある仏像の中で、ある一体が印象に残った。その仏像だけを無心に描き取っている。

その間、清と恵子は三十三間堂の外を見て回った。

この三十三間堂では、毎年成人の日に「通し矢」といわれる大会が行われている。これは、お堂の片方の端からもう片方の端に造られた的を目掛けて、弓を射る競技である。ほとんどの矢は、途中で失速して下に落ちるか、射る角度が悪く天井に刺さったり壁に刺さったりで、的にまともに当たる矢はないという。

この通し矢を行うため、お堂の壁や天井には矢の飛んでくる方向に薄い鉄板が張られているが、それでも矢の刺さった傷跡がいたるところに残っている。

そんな中に、天井の梁に突き刺さった矢を一本、清が見つけた。

今年の通し矢で角度をつけすぎて梁に刺さってしまったのだろう。保護するための鉄板と鉄板の隙間にうまく刺さって抜けなくなったようだ。

「つわものたちの夢の後だな。」清がそれを見ながらつぶやいた。

お堂の中に戻ってみると正子はスケッチを終え、待合室で座って待っていた。その待っている姿を遠くから見つけた清は、正子が小さくなったように思えた。そのうしろ姿が、何となく寂しそうだった。

三日目、今日は嵐山方面に向かう。

京福電車嵐山線は、一部区間が路面電車で一両編成のいわゆるチンチン電車だ。それに乗って三十分ほど揺られ、終点の嵐山に着いた。

駅を出て左方向、渡月橋に向かい、しばらく歩くと、右手に「京都嵐山美空ひばり館」がある。古びた建物が立ち並ぶ中で、鉄筋コンクリートの建物がひときわ目立つ。

正子は大のひばりファンで、今回の旅行の一番の目的はこのひばり館に来ることだった。

三人は九時の開館と同時に入館し、ひばり所縁の衣装や部屋の再現、映画や舞台のビデオなど、午前中ゆっくりと楽しんだ。特にひばりのファンでない清と恵子も、正子と一緒にひばり館の展示物などを見て回り、その魅力に取りつかれたような気がした。


ひばり館を出てしばらく歩くと渡月橋に出る。

橋の袂のお茶屋さんで、軽い昼食を取った。店先から見える渡月橋は、よく絵葉書にもなっている風景で、それを眺めながら、清は茶そば、正子と恵子はお弁当を食べた。

「時間があっという間に過ぎた感じだね、もっといたかったわ。」正子が興奮まだ覚め遣らぬ様子で口から言葉がついて出た。

「美空ひばりってすごい人だったんですね。私の母もファンですけど、ファンの気持ちが少しわかったような気がするわ。」恵子も感動しているのか興奮気味に話した。

「母さんに騙されたつもりで一緒に仕方なく入ったけど、見てよかったよ。もう亡くなってから十年以上経つのに、あんなに沢山のお客さんが入るんだから、いまだひばり人気衰えずだね。」清もひばりファンになったようだ。

「さあ、これからどうする。母さんの目的は達したし、今度は俺の行きたいところに行っていいかな？」清が二人に尋ねた。

「行きたいところって、どこなの？」恵子が聞いた。

「天竜寺の少し先にある大河内山荘だよ。聞いたことあるかい？」

「はじめて聞くわ。お義母さん、聞いたことありますか？」恵子が正子に尋ねた。

「聞いたことはあるけど、行ったことはないわ。大河内って大河内伝次郎のこと？」

「そうなんだよ。大河内伝次郎が造った別荘を開放しているそうなんだ。すごくいい所らしいよ。行ってみよう。」

「面白そうね、行ってみましょう。」正子が答えた。


渡月橋周辺は観光客目当ての人力車が多い。

その人力車に一人ずつ乗って、大河内山荘に向かった。

途中、竹林の中を人力車に揺られながら通る光景は、さながら百年前にタイムスリップしたようだった。

大河内山荘は、丹下左膳で一斉を風靡した大河内伝次郎が、約六千坪の荒れた山を三十年がかりで日本庭園に造り上げた別荘である。

入り口からの上り坂を小高い山に上るようにしてしばらく歩くと、開けた場所に出る。そこに別荘がある。平屋建ての木造建築だが、江戸時代にでも建てられたようなたたずまいの建物は、周りの草木と融合して落ち着いた趣がある。

東に目を転じると、京都市街地の一部が庭園の植木の上に浮かんでいるように見渡せる。盆地独特の蒸し暑さも、ここまで登って来ると爽やかな風が消し去ってくれるようで、気持ちが良い。

もう少し上ると、山頂に見晴台のような小さな建物があり、ここからの展望は京都市街地全体が見渡せる絶景である。

「こんな穴場があるなんて、知らなかったよ。」清が絶景に見とれて言った。

「風が涼しいし、気持ちいい場所だね。」正子も満足しているようだ。

「こんな所に別荘が持てるなんて、昔の映画俳優はお金持ちだったのね。」恵子がため息混じりに呟いた。

「でも三十年もかけて造ったっていうんだから、大したもんだよ。それにしてもここは素晴らしい場所だね。暑い夏の京都の避暑地としては最高の場所だよ。」

しばらくこの展望台で京都市街地の眺めを楽しんだ後、庭園内を下っていくとお茶屋さんがあり、そこで抹茶と菓子を出してくれる。

抹茶を飲みながら、ふと正子が、

「お父さんと一緒に来たかったわ。」と呟いたのを、清も恵子も聞き逃がさなかった。

日陰で抹茶を楽しんだ三人は、山荘を出て嵐山駅まで歩いた。正子が疲れているようなので、少し早いが一旦旅館に戻ることにした。


明るいうちに旅館に戻り、温泉に浸かって疲れを取って一休みした後、夕食は鴨川沿いの川床で京懐石を食べることにした。

川床は、夏の京都の風物詩である。冷房などのなかった昔、川面を渡る風が暑かった一日を癒してくれた。今では、鴨川沿いの料亭が、夏になると鴨川の河原に向けて川床をせり出し、おのおのの特徴を出して誘客している。

三人がまだ昼間の暑さが残っている川床に席を取り、夕暮れ時から周りの風景を楽しんでいると、川面を渡ってくる風が涼しさを呼んで来た。

懐石料理が運ばれてくる頃には日もすっかり暮れて、あたりのネオンライトが目立ち始め、建物のシルエットを浮かび上がらせる。

「ここからの眺めもおつなもんだね。」清がビールを正子に注ぎながら話した。

「何もかもが別世界って感じね。明日で旅行も終わりだけど、楽しかったわ。」恵子がこの小旅行を振り返り呟いた。

「今度はお父さんと一緒に来たいね。」正子が突拍子もないことを言い出した。

「何言ってるんだよ、母さん、おやじの分骨で京都に来てるんだよ。」清が正子に念を押すように言い聞かせる。

「あ、そうだったね。何だか、まだお父さんが生きているようで……。大宮に帰ると、お帰りって家から出てくるような気がして……。」正子が遠くを見るような目つきで答えた。

「お義父さん、もしかしたら私たちと一緒に京都に来ているかもしれませんね。」恵子が正子に話しかけた。

「おまえまで、何言ってんだよ。」清があきれた顔で答えた。

「ただ何となくそう感じたのよ。今回の旅はお義父さんが見守ってくれていたような気がして。今もどこか近くで私たちのことを見てるかもしれないじゃない。」

「恵ちゃん、ありがとう。私もそんな気がするの。実は京都に来る時からずっと感じていたのよ。今回の旅はお父さんも含めて四人の旅だったのよ。この旅が終わってやっとお父さんは天国に旅立てるような気がするの。」

「なんだよ、二人して。気味悪いこと言わないでくれよ。俺、そういうの苦手なんだから。」清が小さな声で二人に言った。

「グラスをもらって、お義父さんの分のビールも注いでおいてあげましょう。」恵子がそう言って、グラスをもらい、ビールをなみなみと注いで空いている席の前に置いた。

「じゃあ、四人で乾杯ね。」正子がグラスを持ちながらみんなに合図した。

「乾杯！」皆、一郎のグラスに自分のグラスを合わせ乾杯した。

「お父さん、いいえ、あなた、長い間ご苦労様でした。私もしばらくしたらそっちに行くから、それまで待っててね。」正子が小さく呟いた。

「おやじ、色々ありがとう。迷惑ばっかりかけて何もできなかったけど、あとは俺に任せて、天国でゆっくり休んでくれ。」清はそう呟きながら、目頭を押さえていた。

「お義父さん、いろいろお世話になりました。天国から私たちを見守っていてください。」

恵子がもう暗くなった空を見上げながら呟いた。

それから三人で、一郎の思い出話に花が咲いた。笑ったり、泣いたり、時間を忘れて賑やかに盛り上がった。

一郎のために注がれたビールが少し減ったような気がした。

三人が旅館に戻ったのは夜十一時を回っていた。

清、正子、恵子の順に風呂に入り、三人が寝静まったのは夜中の一時を過ぎていた。

明け方、恵子が手洗いのため起き上がると、正子の布団が空になっていた。

手洗いの帰りに探したがどこにも見当たらない。

恵子は急いで清を揺り起こした。

「パパ、お義母さんがいないんだけど。旅館の中を捜したけど見つからないの。」

「うん……、どうした？　母さんがいない？　どこかに散歩にでも行ったんじゃないのか。」清が眠そうな目をこすりながら答えた。

「それならいいんだけど。」恵子が心配そうに答えた。

「そのうち戻ってくるよ。まだ早いから、もう少し寝るぞ。」清はそのままた寝てしまった。

恵子は、正子のことが気になってなかなか寝つけなかった。


午前七時を過ぎても正子は部屋に戻って来なかった。

寝床を調べてみると、寝巻きはちゃんと畳んであり、服に着替えて出掛けたようだった。

旅館の人に話し、旅館周辺を探してもらうことにしたが、一時間を過ぎても何の手掛かりもなかった。

警察に届けたほうが良いのではないかと旅館の女将と話をしているところに、警察から電話が入った。

東寺近くで保護された稲垣という老女の身元確認の電話だった。

正子である。

散歩に出て、道に迷い、帰る道が分からなくなったと言っているらしい。旅館の名前を覚えていたので連絡が入ったというわけだ。

旅館まで警察の車で送ってもらえることになり、皆一安心した。


パトカーに乗せられ正子が帰ってきた。以前にも同じようなことがあった。ただ、以前とは迎える人が違うけれども。

「ただいま。ごめんよ、心配かけて。」正子がすまなそうに清と恵子を見ながら謝った。

「どうしたんだよ。一体。」清が問い質した。

「散歩に出掛けたら、道に迷っちゃって、帰れなくなっちゃったんだよ。」

「無事でよかった、どうしたのかと心配していたんですよ。でも、今日に限ってどうして散歩なんかに……。」恵子が正子を抱きかかえるように支えながら話した。

「ごめんよ、訳はあとで話すから。旅館の皆さん、ご心配かけましてすいませんでした。」

正子は旅館の女将たちに、深々と頭を下げた。


三人で遅い朝食を取った。皆、黙ったまま箸を進めていた。

この分だと予約しておいた新幹線には間に合わないが、仕方がない。とりあえず、無事でよかった、と清は思った。

「お父さんが呼びに来たの。」正子が、箸を止めて急に喋りだした。

「なんだって?」清が口に入れた食べ物を噴出しそうになりながら聞き返した。

「寝ている枕もとにお父さんが来て、私を呼ぶの。〝正子、おいで〟って。でも、姿は見えないの。声だけがはっきりと聞こえるのよ。」

「昨日、あんな話をしたから、おやじの声が聞こえるような気がしたんじゃないの。」

清が疑うように聞き返した。

「はっきりと聞こえたのよ。だから、服に着替えて、旅館を出て、声のする方に歩いて行ったの。前にも大宮で同じようなことがあった。あの時は気のせいかなと思ったけど、今日は違う。はっきり聞こえたのよ。」

「お義母さん、それは気のせいだと思います。だって、一緒に寝ていた私たちには、そんな声、聞こえませんでしたよ。」恵子が強い口調で正子をたしなめた。

「母さん、いいかげんにしてくれよ。変なこと言わないで、早く朝食を済ませて家に帰ろう。」

「でもね、確かに聞こえたのよ。」正子がもう一度話しかけたが、二人とも返事をしなかった。

三人が朝食を済ませ、チェックアウトしたのは、もう昼近くだった。

第六章　外出

二学期が始まり、加代子たちも夏休みボケから徐々に立ち直ってきた頃、正子が不可解な行動を取るようになった。

夏休み中は、昼間の時間、子供たちが家にいるので正子が一人ぼっちになることはなかったが、学校が始まってからは、子供は学校、恵子はパートにと、家に正子一人の状態が多くなった。

午後二時過ぎには恵子がパートから帰ってくるのだが、いつもは「お帰り、ご苦労様。」と声を掛けてくれる正子が、鍵も掛けずに家を空けていることが時々あるようになってきた。夕方にはどこからともなく戻ってくるのだが、どこに行っていたのか聞いてもはっきりした返事がない。出掛ける時には鍵を掛けるように言うのだが、恵子が帰ってみると鍵が開けっ放しで出掛けている。

そんなことが数回続いたある日、正子が寝静まってから、清と恵子は対処方法について相談した。

「パパ、お義母さんのこと、どうする？」恵子が切りだした。

「どうしたんだろうな、母さん。家にいるときには別に変わった様子はないのに、昼間どこに行っているんだろう。」

「夕方戻ってきた時に私も聞くようにしてるんだけど、どうしても教えてくれないのよ。隣の奥さんにそれとなく聞いてみたら、いつもお昼過ぎに出掛けて行くみたいなの。」

「夕方にはちゃんと戻ってくるんだから、特に病気ではないと思うんだけど、一度どこに行ってるのか調べたほうが良さそうだな。それがわかってからどうするか決めよう。」

「そうね。で、誰が調べるの？」

「おまえ、パート休めないか？　パートに出掛ける振りをして、母さんが出掛ける所を後をつけるんだ。」

「私はダメよ。今、パートの人が減ってきて、私一人でも休むとみんなに迷惑かけちゃうから。パパは仕事休めないの？」

「おやじの葬式や京都旅行で休みをだいぶ取ったから、もうこれ以上は取れないよ。」

「じゃあ、私がやってあげようか。」ソファーに座ってテレビを見ていた加代子が二人の会話に入ってきた。

「おまえは学校があるだろ。学校を休んでまでしてもらわなくてもいいよ。」清が加代子をたしなめるように言った。

「大丈夫よ。今度の水曜日は開校記念日でお休みだから。デートの約束してたんだけど、彼、急にバイトが入って暇ができたから。」

「ちゃんとできるのか？　おばあちゃんにわからないようにするんだぞ。」

「平気よ。スリルがあって面白そうじゃない。なんかワクワクしてきた。」

「ママ、じゃ加代子に頼もうか。」

「そうね、もし加代子とわかっても、高校の帰りとか言えば言い訳つくからいいかもね。」

「ね、私が一番いいでしょう。私にさせて、ね、お願い。」

「わかったよ。じゃ、調べた結果は、全て報告すること、いいね。」

「はい、わかりました。ちゃんとやるからね。見てて。」

「ただ、水曜日におばあちゃんが出掛けるかどうかわからないんだから、空振りになるかもしれないよ。いいね。」

「わかった。その時はしょうがないから諦める。」

水曜日、曇り、夏の暑さも少し緩み、秋が顔をのぞかせた穏やかな日。作戦決行日。この作戦を知っているのは、清と恵子、加代子の三人だけ。

一番先に出掛ける清が、出掛ける前に加代子の部屋で作戦の再確認をしてから仕事に出掛けた。

いつもの朝と同様、大は剣道部の朝練で七時半ごろに出掛けて行った。

続いて麻衣が、眠い目をこすりながら、学校へ。

加代子は、学校に行く支度をして、食卓で朝食を取っている。

一郎がいた頃には、正子は早い朝食が終わると一郎と二人で自分たちの部屋に入ってしまったが、今ではダイニングの食卓で皆の出掛けて行くのを見ているのが正子の朝の日課になっていた。

食卓の朝の賑やかさが好きだった。孫たちが順番に起きてきて、ご飯を食べて出掛けて行く。中には遅れそうになりパンを半分口に入れたまま出掛ける子もいれば、時間に余裕を持って、ゆっくり朝食を食べて出掛けて行く子もいる。そんな孫一人一人の行動を、ただ黙って横で見ているのが好きだった。

「加代子、今日はゆっくりだね。急がないと学校に遅れるよ。」いつもより遅く起きてきた加代子が、ゆっくりと朝食を食べているのを見て、正子が加代子に話しかけた。

「うぐ。今日は授業が二時間目からだから、朝は遅くていいの。それじゃ、もうそろそろ出掛けるね。」加代子がそそくさと出て行った。

恵子が食卓の後片付けを済ませてパートに出掛けたのは、十時少し前だった。

加代子は、家を出てから同じ学校の女友達に携帯で電話し、駅前のマックで待ち合わせし、お茶しながらおしゃべりをして時間をつぶしたあと、昼前に家近くの空き地で正子が出てくるのを見張っていた。

昼。正子は、朝作っておいたおにぎりを頬張り、支度をはじめた。今日も出掛けるようだ。

しばらくして、正子は玄関の扉を開け、外に出て来た。

空き地から家を見ていた加代子は、それに気がつくとすぐに身をかがめた。

玄関を出た正子は、左右を見回したあと、ゆっくりと歩き始めた。そのうしろ姿が小さくなるのを見て、加代子は立ち上がり、自転車を押しながらそのあとをつけた。遠くからでもすぐに正子と分かるように、加代子は今日の正子の服装をしっかりと瞼に焼きつけた。

正子はゆっくりだが、しっかりした歩調で歩いている。目的もなくただ歩いているのではなく、はっきりとした目的地があるような歩き方である。

加代子は、時々見失いそうになりながらも、何とか尾行を続けていた。

しばらくすると、街中の小さな公園に着いた。正子は、その公園の中の小さなベンチに腰掛けて、一休みしているようだ。

加代子はその公園が見える近くのコンビニの前に自転車を置き、正子の様子を見ながら一休みした。コンビニで何か飲み物でも買って飲みたい衝動に駆られたが、ぐっと我慢して正子の様子をうかがっていた。

よく見ると、正子が口を動かしている。加代子は、「何か食べているのかな。」と独り言を言って見ていると、正子がすっと立ち上がり、また歩き始めた。

今度は、加代子が潜んでいるコンビニの方角に向かって歩いて来るではないか。

ドキッとした加代子は、とっさにコンビニの中に入り、ドアの脇のコピー機の後ろに隠れて身をかがめた。コンビニの中にいる店員、客が加代子を怪訝そうな顔で見ている。それに気がついた加代子だったが、どうしようもない。目が合った店員に小さく会釈をして、そのままの格好で正子の様子を覗き見ていた。

正子は、コンビニの前を横切って、さっき来た方向とは別の方向に歩いて行った。

それを見届けた加代子は立ち上がり、店員に「どうもすいませんでした。」と周りの人にも聞こえるくらい大きな声で挨拶して店を出て行った。

加代子は、また正子の尾行を続けた。

どこに行くのだろう。加代子のあまり知らない道を、どんどん先に進んで行く正子であった。

それから三十分位歩いただろうか、大宮公園の入り口についた。ここは、一郎の葬儀の後、清たちが金沢へ旅行中に、正子が家から一郎の声が聞こえたと言って歩き出し、警察の人に保護された場所だった。

正子は、大宮公園の中に入って行き、池の側のベンチに腰を下ろした。

加代子も、自転車を公園の駐輪場において正子の後を追い、正子が腰掛けたベンチの後ろ側にある藤棚の柱の影に隠れた。

「おばあちゃん、ここで何やってんだろう。」加代子が小さく独り言を言った。

周りには、小さい子供を持ったお母さんたちが、幾つかのグループで立ち話をしていたり、老人が散歩をしていた。遠くのゲートボール場では、老人チームが試合を行っており、時々ボールを叩く甲高い音が響いていた。

しばらく座って周りを眺めていた正子が、急に口を動かし始めた。

「また、何か食べてるのかな?」と加代子が呟いてよく見てみると、食べているのではなく、喋っているようだった。

「何を喋っているんだろう。」加代子が隠れている藤棚から正子が座っているベンチまではだいぶ距離があり喋っている声は聞こえない。

ただ、周りに人がいるわけでもないのに、さかんに口を動かして何かを喋っているようである。

加代子は思い切って正子に近づいてみることにした。

正子の視線に入らないように、しゃがみながら、でも周りからは怪しまれないように気を遣いながら、正子の座るベンチに近づいて行った。

正子の喋る声が途切れ途切れだが少し聞こえてきた。

「……だってね、おじいさん、……ですからね。」

「そんなこと言ったって、……ですよ。」

加代子は首をかしげた。まるで隣に座っている人と話をしているように正子は会話をしているのだ。もちろん、隣には誰もいないし、相手の声は聞こえるはずもないのだが。

話の中に〝おじいさん〟という言葉がたびたび出てくる。前に保護された時もおじいちゃんと話をしたと言っていた。また、同じことが起きているのだろうか？

公園に来ている人たちが、正子を遠巻きにしてみている。

「それじゃ、……ね。」と正子が言ってからゆっくり立ち上がるのを見て、加代子は少し後ずさりした。

正子は、満足そうな表情で少し笑みを浮かべながら、ゆっくりと歩き出した。

家に向かっているようだ。

「これで帰るのかな？」加代子は独り言を言いながら正子に続いて公園を後にした。歩いてきた道を戻るようにして正子は黙々と歩いているが、通り過ぎる人たちが、正子の表情を見て振り返っている。

正子がどんな表情をしているのか見てみたい衝動に駆られた加代子は、今まで押しながら歩いていた自転車にとび乗り、一気に正子を追い越して、少し先の曲がり角を曲がって止まった。

自転車を置き、曲がり角まで戻って、こちらに向かってくる正子の表情を見たとき、加代子はぞっとした。

正子の表情は、いつも家で見ている厳しいけれどもやさしい、あのおばあちゃんの表情ではなく、どこか気の抜けた、薄気味悪い微笑を浮かべた、夢遊病者のような表情であった。

「おばあちゃん……。」加代子はそう呟きながらその場でしゃがみこんでしまった。

その横を、正子はそれに気づいた様子もなく通り過ぎて行った。

しばらくしゃがみこんでいた加代子は、気を取り直し、また正子の後を追った。

清との約束だ。正子の行動を最後まで見届けなければ。

加代子は正子にすぐに追いつくことができた。来た道を逆戻りすれば良いだけだった。

来る時に休憩した公園にさし掛かると、正子は先程と同じベンチに腰を下ろした。

加代子もまた、さっきのコンビニに自転車を置き、正子の様子を注視した。

正子は、また、何か喋っている。その様子を見ている加代子の目から、大粒の涙がこぼれ落ちてきた。

涙でぼやけた正子の姿を見ていると、正子が急に立ち上がり、またコンビニの方に向かって歩き始めた。

加代子はそれに反応することができず、正子に見つかってしまった。

正子は、加代子がいることに気がつき、早足に加代子に近づいてきた。その表情は、先程とはうって変わって、いつもの正子に戻っていた。

「加代子、どうしたのこんな所で。」正子が加代子に話しかける。

「……。」すぐに返事できない加代子。

「どうしたの、涙なんか流して、彼氏とケンカでもしたんでしょ。」

「ううん。そんなんじゃない。」やっと返事ができた加代子。

正子は、加代子が後をつけて来たことには感づいていないようだ。

「もう家に帰るんでしょ。一緒に帰りましょ。加代子。」と言いながら、正子は歩き始めた。

加代子も急いで後を追った。

しばらく、二人並んで歩いていたが、加代子はそれとなく正子に聞いてみた。

「おばあちゃんは、どうしてあんな所にいたの?」

「散歩に来たんだよ。あそこの公園はね、おじいちゃんが生きている時に、時々アリスと三人で散歩に来た公園なんだよ。今では一人ぼっちだけど、あの公園に行くとね、おじいちゃんに会えるような気がしてね。」

「それから、どこか他の場所にも行ったの？」

「いいえ、あの公園のベンチに腰掛けて、しばらく休んで帰るんだよ。」

「ただそれだけ？」

「そうだよ。」正子は平然と答えた。

では、さっきまでの正子の行動は一体なんだったんだろうか。

加代子は正子の顔を覗き込んだが、正子の表情にはうそをついているような素振りは見られなかった。

第七章　症状

その日の夜、皆が寝静まってから、清と恵子が今日の行動を加代子から聞いた。加代子から正子の行動内容を聞きながら、清と知恵子は思わず顔を見合わせた。正子の奇怪な行動は何を意味するのだろうか。正子にどんな異変があったというのだろうか。三人が三人とも同じことを考えていた。

〝ボケ・痴呆〟

もし、そうだとしたら早い段階で対策を打ったほうが良いと、清は考えていた。突然、介護に対する不安が恵子の頭の中に充満した。

あの元気だったおばあちゃんが何で？　そう考えると泣きたくなる加代子だった。

「まず、俺から母さんに散歩について聞いてみるよ。実際、どこに行っているのか。もし、それでも本当のことを言ってくれなかったら、病院の先生に相談しよう。」清が自分自身に言い聞かせるように話した。

「そうね、パパから直接聞いてみて。私が聞いてもなかなか本当のことを言って下さらないんですもの。」

「家にいるときは、今までと変わりないのに、何で散歩に行くとそうなるんだろう。」

「おばあちゃんは、散歩している時自分が何をしているのかわからなくなるんじゃないのかな。」加代子が昼間の正子の様子を見て素直な感想を言った。

その通りなのかもしれない。正子自身自分がやっていることがわからなくなっているのかもしれないと、清は思った。

「今度の土曜日の朝にでも、俺からお袋に話を聞くことにしよう。話はそれからだな。」

清が一人でそう決めて、一人で納得した。


土曜日の朝、子供たちが学校に行ってしまい、静かになった稲垣家。

食卓テーブルで新聞を読んでいた清が、正子に話しかける。恵子は気を遣い、洗い物を持って台所に移動した。

「母さん、最近昼間出掛けてるようだけど、どこに行ってるんだい。」

「どこって、散歩だよ。少し涼しくなってきたからね。」正子が穏やかな表情で答えた。

「いろんな所で〝母さんを見た〟って近所の人から聞くんだけど、ほんとはどこに行ってるんだい。」清が少しきつい口調で聞きなおした。

「ほんとに散歩だよ。おまえ知っているかもしれないけど、おじいさんが生きてる頃、アリスと一緒に近くの公園までよく散歩に行ったんだよ。その公園まで散歩して帰ってくるだけだよ。」正子は、清が何でそんな事を根掘り葉掘り聞くのか不思議そうな顔で答えた。

「実はね、知り合いから母さんが大宮公園あたりを歩いているのを見たって聞いたんだけど、あんな遠いところまで散歩に行くの？」

「大宮公園ってどこだい？　そんな所、行ったことないよ。」正子が平然と返事した。

「どこも何も、そこで見た人がいるんだよ。頼むから母さん、とぼけないで教えてくれよ。どうして大宮公園まで出掛けたんだよ。」

「だから、大宮公園なんて行ってないよ。それは誰かと見間違えたんだよ。清、そんなに興奮しないでおくれ。私が散歩に行くのがどうして気になるんだい？」正子は清を諭すようにゆっくりと返事した。

「わかったよ母さん。もうこの話はしない。でも、頼むから、これから散歩に行く時は、誰かと一緒に行ってくれないか。途中で何かあると心配だから。」

「何言ってるのよ。私はまだそんな歳じゃありません。散歩ぐらい一人で行かせてちょうだい。」正子は年寄り扱いされたのが気に入らなかったのか、清の話を頑として受け入れなかった。

「わかったよ。じゃあ、散歩に出掛ける時は充分に注意してくれよ。母さん。」

「あんたに言われなくたって、わかってますよ。」正子は言い捨てるようにして席を立った。


月曜日の朝、清は早速病院に相談に出掛けた。

脳神経内科の担当医に、正子の行動、今までの経緯や環境の変化などつぶさに話し、医師としての判断を聞いた。

「いかがでしょうか。母はやはりどこか悪いんでしょうか?」

「お伺いしただけでは、なんとも申し上げられませんが、症状だけで判断すると、老人性痴呆症の疑いがありますね。ただ、初期の軽いものではないかと思われますが。」

「どうすればいいでしょうか。」清がすがるような気持ちで医師に問いかけた。

「あくまでも疑いがあるだけです。誰かと話しているということが、幻聴であれば、また別の結論になるかもしれませんし。一度ご本人をお連れになって、検査を受けてみられてはいかがでしょうか？」

「検査？」

「そうです。ＭＲＩと言いまして、頭の中を輪切りにして見るようなもので、これで診断すれば大体のことはわかると思います。」

「入院する必要はあるんですか？」

「いいえ、必要ありません。準備も含めて二、三時間で検査は終了しますから。」

「わかりました。本人を説得して、何とか検査を受けさせるようにしますので、その時はよろしくお願いします。」清は医師に深々と頭を下げ病室を出た。

何とか正子を言いくるめてでも検査を受けさせなければと思う清だった。

こういうことは早い方が良い。その日の夜、清は正子に病院で検査を受けるように勧めたが、正子はあっさりと了解した。

正子自身、自分の体調に不安な部分があるのだろうか。素直な正子を見て、清はかえって心配になった。

病院と連絡を取り、MRIの検査をその週の金曜日に行うことになった。

MRIの検査が出来る病院は限定されていて、通常だと検査だけで一ヶ月待ちが普通なようだが、運良く金曜日の検査がキャンセルになり、そこに入れてもらえたのだ。


金曜日、清と恵子は会社に休みを取り正子の検査に同行した。

正子は前日から落ち着きがなく、緊張した様子で検査の日を迎えた。

病院では、まず三人で検査を受ける上での注意事項、検査の進め方などの説明を受け、正子が検査用の服に着替える。

正子は、頭には美容院でパーマをかける時にかぶるような頭巾をかぶせられ、1人検査室に通された。中は、全壁面が白色、MRIの機械も白色で全てが白色の異様な世界であった。正子はその中心部にある細長いベッドに仰向けで寝かされた。その頭の部分は、検査中に頭が動かないように固定できるよう、頭がすっぽりと納まるような溝ができていて、そこに頭を入れたらもう身動きできなくなってしまった。

　正子が検査台に横になるまで付き添ってくれた看護婦が部屋から出て行き、広いMRI検査室は、検査台に横たわっている正子だけになった。

　すると、スピーカーから検査医師の声が聞こえてきた。

「準備はいいですか？　すぐ済みますから、気を楽にして寝ててくださいね。」

「はい、では始めます。」

　横たわったベッドが動き始めた。正子は、大きな筒状の機械の中に頭が吸い込まれていくように感じた。

　MRIを操作する医師の横には、いくつものモニターが並び、正子の頭の断層写真を映し出している。医師は、検査機器を操作しながら、診断に必要な画像を取り出しては、正子のベッドの位置を微妙に動かし、検査を続けていった。

　清と恵子は、検査室の前のベンチで腰を下ろして待っていたが、特に話すこともなくお互い黙って座っていた。

その静けさに気まずさを感じて清が何か話そうとした時、検査室のドアが開いて正子が車椅子に乗って出てきた。

その車椅子を見て驚いている二人に、看護婦が言った。

「心配ありませんよ。血管造影剤の注射をしたので、多少ふらつくことがあるので車椅子に乗っていただきました。十分ほどで元の状態に戻られると思いますよ。」

「どうもありがとうございました。」と二人が看護婦に頭を下げた。

「先生が診断結果の説明をされますので、このままこちらでお待ちください。」看護婦はこう告げると車椅子を二人の近くにおいて検査室に戻って行った。

改めてベンチに腰を下ろした清が、正子に聞いた。

「母さんどうだった、検査は?」

「どうって、ただ寝ていただけだから。注射がちょっと痛かったけど、それほどでもなかったよ。」正子が検査が終わりほっとした表情で答えた。

「ご苦労様でした。もっと時間がかかると思ってましたけど、早く済んでよかったですね。」恵子が正子の乗った車椅子をベンチの横へ動かしながら言った。

しばらく待つと、担当医が検査室から出てきて三人を隣の部屋に案内した。案内に従い三人で中に入る。正子の乗った車椅子は恵子が押して入ったが、その押した感触は意外にも非常に軽く感じた。

「お待たせしました。」三人が席に着くか着かないうちに検査担当の医師がしゃべり始めた。

「特に大きな問題はありませんね。安心してください。」医師の第一声に皆ほっとした。

「ただ、すこし脳萎縮があるようですが、年齢からしてこんなもんでしょう。あとは、脳梗塞の卵が、ここところにありますが、進行しない限りこの程度では心配ないでしょう。」脳の断面図のような写真を細い棒で指し示しながら、矢継ぎ早に説明する医師の言葉を注意深く聞いている三人であった。

医師の説明によると、脳萎縮については同年齢の平均程度の萎縮、脳梗塞の卵については幾つかの個所で認められるが、どれも初期のもので特に心配はいらないだろうとのことだった。

医師の説明を一通り聞いた三人は、安心した表情で部屋を後にした。その時にはもう正子は自分の足で立って出ることができた。

医師に御礼を言い会計を済ませた三人は、少し遅い昼食を近くの和食レストランで食べることにした。

「検査結果を聞いて安心したよ。母さん。」清が、運ばれてきたお茶をすすりながら正子に話しかけた。

「私も一安心だよ。実はね、自分でもちょっと心配だったんだよ。おじいちゃんがあんなに急にだったから、もしかしたらと思ってね。」正子が、にこやかな顔で清に答えた。

「ほんとによかったですね。お義母さん。」恵子が正子に話しかける。

「ありがとう恵ちゃん、心配かけて悪かったね。」

「おやじの分まで長生きしてくれよ、お袋。」

秋晴れの爽やかな月曜日。家族六人で穏やかな週末を過ごし、清はすがすがしい気持ちで仕事に出掛けた。

朝の仕事が一段落した頃、清の机の上の電話がけたたましく鳴った。

ダイレクトインの電話は、特定の人にしか知らせていない。誰からの電話だろうと思い急いで受話器を取ると、先週の金曜日に正子の検査を担当した医師からの電話だった。

清はその声を聞いた瞬間、嫌な予感がした。

「先週、お母様のＭＲＩ検査を担当させていただいた伊藤ですが、検査結果について個別のご説明をさせていただきたいと思いまして、お電話させていただきました。」

「どうも先日はお世話になりました。検査結果は先日伺いましたが、まだ他に何か？」

「はい、実はご本人の前ではご説明しないほうが良いと思いまして、よろしければ時間を作っていただいて病院までお越しいただけませんでしょうか。」

「わかりました。では、今日の夕方、病院に伺います。五時頃でどうでしょうか？」

「はい、結構です。では五時に、お待ちしております。」そう言って、医師からの電話は終わった。

何だろう。本人には言えないくらいの重要なことなのだろうか。いろいろなことが頭の中を駆け巡り、仕事がほとんど手につかない。

外回りの仕事を作り、外出先から直帰することにして早めに会社を出た清は、四時過ぎには病院に着いていた。


五時の約束なのでしばらく待たされたが、医師は早めに時間を作ってくれた。

「お呼び出しして申し訳ありません。」

「いいえ、こちらこそ。少し早く着いてしまいました。で、検査結果で何か問題でも？」清は恐る恐る医師に聞いてみた。

「先日、皆さんにご説明した内容には間違いはありません。ただ、気になる点が一つありまして、そのお話をさせていただきたかったのです。」

「なんでしょうか。」

「実は、脳神経萎縮が一部に認められました。萎縮の程度はまだ軽度ですが、この部分とかこの部分がそうですね。」医師は検査結果の写真を指し示しながら説明した。

「脳神経萎縮があるとどうなるんですか？」清が不安げに聞いた。

「脳神経萎縮は、痴呆症の原因ではないかと言われています。脳神経萎縮が進むとアルツハイマー型痴呆になる可能性が高まります。最初にご相談に来られた時お話しされたお母様の奇怪な行動も、これが原因と考えると説明がつきます。」

「お袋はアルツハイマー型痴呆症ですか。」清が小さな声で医師に問いかけた。

「ごく軽度の痴呆と考えてください。特に日常生活に支障をきたすわけではないと思います。ただ、これは進行性がありますので、注意していただいたほうがいいですね。」

「どんなことに注意したらいいんでしょうか？」

「先日ご説明しました脳萎縮、脳梗塞の卵の予防を兼ねて、食事療法をお勧めします。肉類は悪玉コレステロールの原因になりますので、魚を中心にした質の良いたんぱく質を取るようにしてください。また、野菜をたくさん取るようにするといいですね。」

「特に薬は飲まなくてもいいですか？」

「特に必要ないでしょう。ただ、どのように進行していくかわかりませんから、なるべく一人にしないで、誰かが見ているようにした方がよろしいと思いますよ。」

「わかりました。どうもありがとうございました。」

「何かまた、変わったことがありましたら、ご相談ください。」

清は、先程聞いた〝アルツハイマー型痴呆症〟という言葉が頭の中にこびりついて、朦朧としている頭を整理しようと努力するのだが、何から考えていいのかわからず、ぼんやりしながら部屋を出た。

〝痴呆症〟、今まで新聞やテレビで見聞きしたことはあるが、まさか身近に、しかも身内にとは思ってもいなかった。これからどうなるのだろう。これからどうすれば良いのか。不安だけが頭の中に充満して整理がつかない。

まず痴呆症について知らなくてはいけないと思い、近くの大型書店で詳しく説明されている本を何冊か買って自宅に帰った。

清が帰宅したのは、夕食の真っ最中だった。

いつもは深夜近くに帰宅する清が早い時間に帰宅したので、皆驚いているようだった。

「お帰りなさい。今日は早いのね。どうかしたの？」恵子が清の体の調子を気遣って声をかけた。

「別に、外回りが早く済んだんで直接帰ってきたんだよ。それより俺も飯にする。準備してくれ。」と言い、清は着替えるために自分の部屋に向かった。

部屋で着替えていると、食堂からみんなの笑い声が聞こえてくる。正子の元気な声も聞こえる。

まさか正子が痴呆症だなんて。今の様子からは想像できない。あんなに元気で笑っているのに、どうしてなんだ。

着替えの手があまり進まない清の部屋に、恵子が入ってきた。

「ビールにする、それともお酒？」

「ビールにしよう。それと後で大事な話があるから。」清はそれだけ言って部屋を後にした。

大事な話？　何だろう？　良い話それとも悪い話？　清の素振りだと良い話ではな

さそうだ。それまでの楽しい気分が急に不安な暗い気分になってしまった恵子だった。

みんなの話を聞きながら食事をする清だったが、正子の事が気になり、話の中に加わることができないでいた。ビールを飲んでもあまり酔えない気がした。無意識に正子のしぐさや動作に目が行ってしまう。あまり見ると感づかれてしまうと思うのだが、どうしても見てしまう。

そんな清の素振りに気がついたのは恵子だった。〝大事な話〟が気になり、清を見ていてそのしぐさですぐに気がついた。正子に何かあったのだろうか。先週検査して問題なしと言われたのに。清が帰ってきたときに持っていた本屋の包み紙も気になった。もしかしたら……。

リビングだと子供たちに聞こえるかもしれない。〝大事な話〟は清たちの部屋、寝室ですることにした。

ベッドに腰掛けて清が話し出した。

「今日、会社に病院から電話があったんだ。」

「お義母さんのことで？」恵子が小さな声で聞いた。

「うん。先週の検査結果で話したいことがあるから時間を作ってほしいっていう電話だったんだ。それで、今日の夕方病院に行ってきた。」

「異常なしっていう話だったけど、問題があったっていうこと？」

「そうなんだ。軽い痴呆症だと言われたよ。」

「痴呆症!?」

「うん。脳神経が少し萎縮しているらしい。この萎縮が進行するとアルツハイマー型痴呆症になるらしいんだ。」

「アルツハイマーなの。それって治らないって聞いたわよ。」

「どんな症状が出て、どんな対処をすればいいのかわからないから、専門の本を幾つか買ってきたんだ。俺もこれを読んで勉強するけど、おまえも読んでおいてほしいんだ。」清は先程買ってきた本を袋から出して恵子に見せた。

「今のところは、公園に行って帰ってくる程度だけど、この先どんな行動をするかわからないから注意したほうがいいとも言われたよ。できたら一人にしないほうがいいと思うんだ。おまえ、パート辞めて家に入ってくれないかな。」

「そうね。近くでお義母さんを見てあげられる人が必要ね。パートもすぐには辞められないけど、代わりの人が見つかったら辞めるようにするわ。」

「すぐにどうかなるわけではないと思うけど、目の届く範囲でお袋を見守ってやりたいんだ。子供たちにとってなくてはならないおばあちゃんだしな。」

「私たちにとってもなくてはならないお義母さんですよ。」

「よろしく頼むよ。」清が恵子の顔を見ながら頭を下げて頼んだ。

「もちろんよ。同居した時から覚悟はできています。いろいろお世話になったお義母さんですもの、面倒見るのが当然でしょ。と言っても、まだお義母さん元気だし、まだまだ私の方が面倒見てもらうことが多いと思うけど。」

「そうだな。まだ、軽い症状だし、すぐに悪くなるわけじゃないし、今までどおり普通に付き合っていけばいいよな。さっきの食事の時も、今までどおり普通に振舞っていたし。」

「そうよ、ただ、ちょっと気をつけるだけでいいんじゃない。何か変わったところがないか、少し注意して見ているだけで。」

「そうだよな。加代子のことといい、親父のことといい、もう何が起こっても驚かないよ。全ては前向きに考えよう。ポジティブシンキングで行こう。」清が少し元気を取り戻したようだ。

「そうよ、良くなることだけ考えましょう。そうすれば必ず良くなるんだから。」恵子も元気を取り戻したようだ。

第八章　親友

「俺は剣道に命をかける。」大の口癖だ。

小学校時代、市の剣道教室に通いだし、中学では剣道部に入った大は、一年生から頭角をあらわし、三年、二年に混じって団体戦のメンバーに入るようになった。

秋の市内中学剣道大会。大は先鋒でスタメンに入ることが決まった。

その大会に向けて、日夜剣道の練習に励んでいる大に、ある日の夜十時頃に電話があった。

電話の相手は、大島剛。大の小学校からの友達だった。

「剛、なんだよこんな夜遅く。」大は眠気を我慢しながら電話に出た。

「大、相談したいことがあるんだけど、明日時間あるか?」

「部活が忙しくて時間ないよ。どうしたんだよ、何かあったのか?」大がそっけなく答えた。

「じゃあいい。またかける。」少し怒ったように剛は電話を切った。

「もしもし、もしもし……。」

そっけない返事をしたことを少し悔やんだが、明日学校で会った時に謝ろうと思い、大は部活で疲れた体をベッドに横たえ眠ってしまった。

剛は、大が小学校四年生の時に大宮に引っ越してきた時、最初にできた友達である。近所に住む剛は右も左も分からない大に色々と教えてくれた。それが縁で、ずーっと友達、親友である。しかし、中学に入り部活が違うとすれ違いが多くなり、最近ではあまり遊ばなくなってしまった。

翌日、大は朝練を終え教室に入り剛を探したが見当たらなかった。朝会の時間に担任の先生から風邪で病欠と聞いて、大は首をかしげた。昨日の声の様子だと風邪をひいているようには思えなかったからだ。

その事がずーっと気がかりで、勉強にあまり集中できなかった大だが、部活の時間になると訳が違う。剣道に集中して剛のことをすっかり忘れてしまった大は、部活の疲れから、帰りに剛の家に見舞いに行こうと考えていたことをすっかり忘れて、帰宅してしまった。

次の日、朝練を終えて教室に入るとクラスがやけに騒がしい。近くにいるクラスメートに訳を聞いて大は目の前が真っ暗になった。

「大島君が、リンチにあって大怪我をしたらしいよ。」

「誰だよ、そんなことした奴は！」大が大声を張り上げたので、クラス全員が大に注目した。

「どうして剛がやられるんだよ。」大は涙が出てしょうがなかった。どうしてかわからないが無性に涙が溢れてきた。

大は、教室を飛び出し職員室に向かって走り出した。

職員室でもこの話で持ちきりで、先生たちが幾つかのグループに分かれてヒソヒソ話をしていた。

大は、担任の先生を探し、駆け寄った。

「先生、大島はどうしたんですか。」

「おまえには関係ない。おとなしく教室に戻りなさい。」

「先生、教えてください。あいつ俺の友達なんです。小学校の時から友達なんです。

教えてください、先生！」大がすがるように先生に問い掛けた。

「昨日の夜、喧嘩の巻き添えをくって怪我したらしい。今はそこまでしかわからん。大島のことは先生たちに任せて、おまえは教室に戻りなさい。他の生徒たちにも落ち着くように言っておいてくれ。先生もすぐに教室に行くから。」

話を全て聞かないうちに大は職員室を出てまた走り出した。その足は、教室ではなく生徒用の出入口に向かっていた。

靴に履き替えるのももどかしく、大は学校を出て剛の家に向かった。

一昨日の電話は何だったんだろう。昨日学校を休んだのはどうしてだ？　昨日、剛の相談にのっていたら、こんなことにはならなかったんじゃないか？　昨日の夜、剛の家に見舞いに行っていたら……。後悔ばかりが大の頭を過ぎった。


剛の家に着いた。家にはおばあちゃんが一人留守番をしていた。

「ああ、大ちゃん。来てくれたの。」

「剛は……どうしちゃったん……ですか？」走ってきたせいで、息が続かず、途切れ途切れにしか話せない。

「昨日の夜、怪我をして帰ってきたんだよ。夜中に急にお腹が痛いと言い出して、朝方病院に行ったよ。」

「どこの……病院ですか?」

「中央病院だよ。」

「わかりました。……僕も……病院に……行ってみます。」

剛の家を飛び出した大は、一旦自分の家に帰り、恵子と正子に剛のことを話してから、自転車に乗って中央病院に向かった。

静かな病院の中を、周りを気にせず受付まで走っていった大は、案内係りの女性に剛の所在を確かめようとしたが、どこかから聞こえる大を呼ぶ声にあたりを見回した。受付の奥に見えるベンチに、剛の父親と母親が座っていた。その横には中学の教頭も座っている。母親の表情は不安を隠せないで今にも泣き出しそうだった。

「大君、来てくれたのか。どうもありがとう。」歩み寄る大に剛の父親が話し掛けた。

「剛は大丈夫ですか。」

「うん、今検査を受けてるけど、特に命に別状はないようだよ。」

「一体、誰がこんなことを。」

「わからないんだ。昨日夕方、友達から電話があって出てったきり夜になっても帰って来なくて、夜中の一時頃傷だらけで怪我をして帰って来たんだよ。どうしたのか訳を聞いても〝転んだんだ〟って言うだけで……。それで、傷の手当てをしていたら急にお腹が痛いと言い出して病院にとんできたのさ。」

「おじさん、僕のせいで剛がこんなことになって、ごめんなさい。」

「自分のせいって、大君、剛と何かあったのかい？」

「実は一昨日、剛から電話があったんです。僕、部活で疲れてたから、いいかげんな返事しちゃったんですけど、その時ちゃんと相談にのっていれば、こんなことにはならなかったかもしれないんです。」大は少し涙ぐんだ目をしながら謝った。

「大君、気にしなくていいんだよ。君の剛を思ってくれる気持ちだけで充分だから。」

「稲垣君、大島君からの電話はどんな用件だったのかな？」隣に座っている教頭が大に聞いてきた。

「特に用件は言ってませんでした。相談したいことがあるんだけどと言われたので、明日は部活で忙しいと言ったら電話が切れたんです。次の日に学校で用件を聞こうと思ったんだけど、昨日剛学校休んだから……。」

「何か心当たりはないかね？」教頭が続けて聞く。

「思い当たりません。」


病院の入り口にパトカーが止まり、警察官が二人こちらに歩み寄ってきた。

「喧嘩で怪我をした少年が病院に担ぎ込まれたと聞いたんですが、関係者の方ですか？」一人の警察官が話しかけてきた。

「はい、私の息子です。ただ喧嘩ではなく本人は怪我をしただけだと言っているんですが。」剛の父親が質問した警察官に答えた。もう一人の警察官は、近くにいた看護婦を呼び止め何やら聞き出している。

「お巡りさん、私怪我をした少年が通う中学の教頭ですが、本人が怪我をしただけだと言っておりますし、何卒穏便にお願いします。」

「と言われましても、喧嘩をして相手に怪我を負わせた場合、当事者には傷害罪が適用されますからね。事件であればそれなりに処理をしないとね。我々もそれが仕事ですから。ところで怪我の程度はどうですか?」

「今まだ検査中で、私たちも終わるのを待っているんですよ。」色々口出ししてくる警察官に嫌気が差した剛の父親が、簡単にこう答えた。

ベンチで待つ四人を順番にじっと観察していた警察官の目線が、大を見て止まった。

「君は誰なのかな? もしかしたら、喧嘩をした相手かい。」

「なんてことを言うんですか。この子は息子の友達ですよ。心配で見舞いに来てくれたんじゃないですか。」警察官の無神経な言動に怒りを覚えた大だったが、剛の父親がそれをカバーしてくれた。

「これは失礼。見るからに強そうな体型をしているから……。何かスポーツでもやっているのかな?」

「はい、剣道やってます。」返事をしたくなかったが、ここは返事をしておいた方が利口だと判断した大が、小さい声で答えた。

「ほお、剣道か。剣道やる奴に悪い奴はいないと言うからな。私も剣道をやってるが、武道は奥が深い。頑張れよ。」

「はい」小さく返事した。


しばらくして、医師が検査室から出て大たちの所に近づいてきた。

「息子はどうでしょうか？」剛の父親が医師に話しかけた。

「お父様ですか。もう大丈夫です。腹痛の原因は特定できませんでしたが、内臓破裂や臓器異常はありませんでした。今はもう安静な状態になっています。」

「そうですか。どうもありがとうございました。」

「ただ、腕を骨折されてましたよ。あと、引っ掻かれたような傷や、内出血をしている個所が沢山ありました。どうしたのか本人に聞いたんですが、転んだとかぶつかったとか、言われてましたけどあれはどう見ても喧嘩の跡ですね。」

「腕を骨折していたんですか？」

「はい、左腕の上腕部分ですね。処置をしておきましたので、ギブスは一ヶ月位で取れるでしょう。少し不便でしょうが、しばらくの辛抱ですから。」

検査室の扉が開き、剛がストレッチャーに乗せられて出てきた。

左腕のギブスが痛々しく見えた。顔、腕、足いたる所に傷跡が見て取れる。骨折だけで済んだのが奇跡のように思えた。

看護婦の押すストレッチャーの後を、剛の父親、母親、教頭、大、そして警察官が続き、一つの病室に入っていった。もう一人の警察官は、先程の医師から怪我の状態を細かく聞き出しているようだった。

ストレッチャーから病室のベッドに移された剛は、吹っ切れた表情をしていた。体中怪我をしていて痛いはずなのに、表情は晴れやかで生気に満ち溢れている。

これを見て、剛の父も母も安心したようで、母親はベッドの横にもたれかかってうれし泣きしている。

「おう、大、来てくれたのか。」剛が大の姿を見て明るく話しかけた。

「剛、大丈夫か。おまえ、心配かけるなよな。」大は元気な剛の姿を見てほっとした。

「ちょっと転んで怪我しただけだよ。みっともない姿を見せちゃったけど、もう大丈夫だ。」

「大島君、転んで怪我をしたというのは本当なのかね。」隣で警察官が聞いているのを意識してか、教頭が恐る恐る剛に聞いた。

「はい、本当です。友達と遊んでて帰りが遅くなっちゃって、急いで自転車をこいでいて転んだんです。」

「喧嘩で怪我をしたんじゃないのかね。」警察官が低い声で聞いた。

「いいえ。喧嘩なんてしてません。転んで怪我をしただけです。」

「じゃあ、誰とどこで何時頃まで遊んでいたのか、教えてくれないか?」まるで尋問でもするように警察官が剛に尋ねた。

「言いたくありません。どうしてそんなこと言わなきゃいけないんですか?」

「本当の事が知りたいだけだよ。答えてくれないか?」

「言いたくないです。」

「もしかして、誰かをかばってるんじゃないだろうね。」

「お巡りさん。もう結構です。本人が自分で怪我をしたと言ってるんですから。お引取り願えませんか?」剛の父親が警察官に強い口調で話した。

「そうですか。わかりました。では、何かありましたら警察に必ず連絡をお願いします。」

渋々警察官は帰って行った。

大は剛の表情を横からじっと見ていた。剛は嘘をついている。大はそう思った。剛の小さい頃からの癖で、嘘をつくと必ず瞬きが早くなる。警察官と話していた時の剛の瞬きは、いつも以上に早かった。おそらく父親も見抜いているだろう。

「じゃあ、僕もこれで失礼します。」大は改めて見舞いに来る事にして、一人病院を後にした。


今はどこの学校にもあるようだが、大が通う中学にも不良グループがある。

特に表立って万引きをやるとか暴力事件を起こすとかいうことはないのだが、生徒の中ではその存在が知れ渡っており、逆らえない存在になっている。

だが、一部の先生がうすうす感じている程度で、ほとんどの先生はその存在すら知らず、うちの学校は暴力のない良い中学校だと思っているようだ。

そんな中で剛の事件が起こったため、学校中が疑心暗鬼に陥り、パニック寸前の状態にまでなったのだが、〝転んで怪我をした〟と言う剛の一言で、一応平静を取り戻した。


二日後、大は放課後の部活を用事があると言って休み、剛の病院に見舞いに行った。病室には剛の母親が付き添っていたが、大に気を利かせて病室から出てくれた。

「おう、剛、調子はどうだ？」

「おう、大、だいぶ良いよ。それよりお前、部活じゃないのか？」

「今日はサボり。たまにはいいよな、毎日じゃ飽きちゃうよ。」

「いいのか、もうすぐ試合だろ。今が一番大事な時じゃないか。団体戦のメンバーに一年で入れたのはお前だけだろ。部活休むと外されちゃうぞ。」

「心配ないよ。それより、今日はお前に謝りに来たんだよ。」

「謝るって何を?」

「怪我した日の前の夜、お前俺に電話くれただろ。俺その時、部活で疲れてててちゃんと返事できなくて、お前に悪いことしたなと思って。ごめんな。」

「気にするなよ。俺自身のことなんだから、あの時お前に相談しても、結局結論は自分で出さなくちゃいけなかったんだし。もう済んだことなんだから気にするなよ。」

「やっぱり、今回の怪我のことと関係あるんだな。何があったんだよ、俺には本当のことを教えろよ。」

「本当のことって?」

「お前、病院に担ぎ込まれた日、皆に嘘言っただろ。〝自分で転んで怪我をした〟って。俺にはわかるんだよ、お前が嘘をついてるのが。だってあの時、瞬きがすごく早かったもの。」

しばらく黙っていた剛が口を開いた。

「そうか、わかっちゃったか。でも、他の奴には内緒だぞ。」

「わかってるよ。で、一体何があったんだよ、教えろよ。」

「絶対他の奴には言うなよ。大、お前だけにには本当のことを話すよ。」

「絶対に内緒にするよ。」大が剛に誓った。

「実は、俺、〝ジャッカル〟に入ってたんだ。」〝ジャッカル〟とは、中学の不良グループの名前である。

「夏休みのすごく暑い日、俺コンビニでアイス万引きしちゃったんだ。金は持ってたから、ばれたら金払えばいいやって軽い気持ちでやっちゃったんだよ。コンビニを出る時めちゃめちゃ緊張したけど、何もなかったからラッキーて思ったら、二年生の先輩に見られちゃってて。後から呼び出しくらって、〝ジャッカル〟に入れって強制的に入らされたんだ。入らなかったら万引きのこと、学校にばらすぞって脅かされて。」

「何で万引きなんかやっちゃったんだよ。」

「しょうがないだろ、やっちゃったんだもん。それから、先輩に呼び出されては、カツアゲの手伝いさせられたり、万引きの見張りさせられたり。だんだん悪になっていく自分が自分自身で嫌になって、思い切って〝ジャッカル〟辞めるって先輩に言ったら、袋叩きにされたんだ。」

「これでも〝ジャッカル〟とは縁が切れたのか？」

「うん。抵抗しないのが条件でやられたんだから。頭だけは守ろうと思って、腕で頭をかばってたから骨折したんだと思う。でも、やられてる時は死ぬかと思ったよ。」

「心配させやがって。何かあったら相談しろよな。」

「だから電話しただろ。そっけない返事だったじゃないか。あの時はがっかりしたよ。」

「悪かった。でも、お前が怪我したって聞いて、俺、あせったよ。相談に乗れなかったし、何かあったらと思うと責任感じて涙が出てきちゃったよ。おじいちゃんが死ぬ時、俺、枕もとで見てたんだけど、命ってあっけないもんなんだ。簡単に死んじゃうんだよ。その時思ったんだ。命ってあっけないものだから大事なんだって。そして自分の命は自分だけのものじゃないってね。家族や友達がお互いの命を支えあっているってね。」

「そうなんだ。俺も今回のことで、おやじやお袋のありがたさがわかったような気がする。いつも逆らってばかりいる俺をあんなに心配してくれるんだから。これからは少しはお袋の言うことを聞いてやろうかななんてね。」